国际大奖小说·成长版
卡内基文学奖

不可思议的古董店

[英]杰拉尔丁·麦考林 / 著
吕培明　陈竹 / 译

天津出版传媒集团
新蕾出版社

图书在版编目（CIP）数据

不可思议的古董店 /（英）杰拉尔丁·麦考林
（Geraldine McCaughrean）著；吕培明，陈竹译. -- 天津：新蕾出版社，2024.2
（国际大奖小说：成长版）
书名原文：A pack of lies
ISBN 978-7-5307-7587-5

Ⅰ. ①不… Ⅱ. ①杰… ②吕… ③陈… Ⅲ. ①儿童小说-长篇小说-英国-现代 Ⅳ. ①I561.84

中国国家版本馆 CIP 数据核字(2023)第 100486 号

A PACK OF LIES ⓒ Geraldine McCaughrean, 1988
This translation of A PACK OF LIES originally published in English in 1988 is published by arrangement with Oxford University Press.
Simplified Chinese translation copyright ⓒ 2024 by New Buds Publishing House (Tianjin) Limited Company
ALL RIGHTS RESERVED
津图登字：02-2020-281

书　　名	不可思议的古董店　BUKESIYI DE GUDONG DIAN
出版发行	天津出版传媒集团 新蕾出版社
	http://www.newbuds.com.cn
地　　址	天津市和平区西康路 35 号(300051)
出 版 人	马玉秀
电　　话	总编办 (022)23332422 　　　　发行部 (022)23332351　23332679
传　　真	(022)23332422
经　　销	全国新华书店
印　　刷	天津新华印务有限公司
开　　本	895mm×1370mm　1/32
字　　数	118 千字
印　　张	6.25
版　　次	2024 年 2 月第 1 版　2024 年 2 月第 1 次印刷
定　　价	30.00 元

著作权所有，请勿擅用本书制作各类出版物，违者必究。
如发现印、装质量问题，影响阅读，请与本社发行部联系调换。
地址：天津市和平区西康路 35 号
电话：(022)23332677　邮编：300051

一辈子的书

梅子涵

◆亲近文学◆

　　一个希望优秀的人，是应该亲近文学的。亲近文学的方式当然就是阅读。阅读那些经典和杰作，在故事和语言间得到和世俗不一样的气息，优雅的心情和感觉在这同时也就滋生出来；还有很多的智慧和见解，是你在受教育的课堂上和别的书里难以如此生动和有趣地看见的。慢慢地，慢慢地，这阅读就使你有了格调，有了不平庸的眼睛。其实谁不知道，十有八九你是不可能成为一个文学家的，而是当了电脑工程师、建筑设计师……可是亲近文学怎么就是为了要成为文学家，成为一个写小说的人呢？文学是抚摸所有人的灵魂的，如果真有一种叫作"灵魂"的东西的话。文学是这样的一盏灯，只要你亲近过它，那么不管你是在怎样的境遇里，每天从事怎样的职业和怎样地操持，是设计房子还是打制家具，它都会无声无息地照亮你，使你可能为一个城市、一个家庭的房间又添置了经典，添置了可以供世代的人去欣赏和享受的美，而不是才过了几年，人们已经在说，哎哟，好难看哟！

　　谁会不想要这样的一盏灯呢？

◆**阅读优秀**◆

　　文学是很丰富的,各种各样。但是它又的确分成优秀和平庸。我们哪怕可以活上三百岁,有很充裕的时间,还是有理由只阅读优秀的,而拒绝平庸的。所以一代一代年长的人总是劝说年轻的人:"阅读经典!"这是他们的前人告诉他们的,他们也有了深切的体会,所以再来告诉他们的后代。

　　这是人类的生命关怀。

　　美国诗人惠特曼有一首诗:《有一个孩子向前走去》。诗里说:

　　　　有一个孩子每天向前走去,

　　　　他看见最初的东西,他就变成那东西,

　　　　那东西就变成了他的一部分……

　　如果是早开的紫丁香,那么它会变成这个孩子的一部分;如果是杂乱的野草,那么它也会变成这个孩子的一部分。

　　我们都想看见一个孩子一步步地走进经典里去,走进优秀。

　　优秀和经典的书,不是只有那些很久年代以前的才是,只是安徒生,只是托尔斯泰,只是鲁迅;当代也有不少。只不过是我们不知道,所以没有告诉你;你的父母不知道,所以没有告诉你;你的老师可能也不知道,所以也没有告诉你。我们都已经看见了这种"不知道"所造成的阅读的稀少了。我们很焦急,所以我们总是非常热心地对你们说,它们在哪里,是什么书名,在哪儿可以买到。我就好想为你们开一张大书单,可以供你们去寻找、得到。像英国作家斯蒂文生写的那个李利一样,每天快要天黑的时候,他就拿着提灯和梯子走过来,在每一家的门口,把街灯点亮。我们也想当一个点灯的人,让你们在光亮中可以看见,看见那一本本被奇特地写出来的书,夜晚梦见里面的故事,白天的时候也必然想起和流连。一个孩子一天天地向前走去,长大了,很有知识,很有技能,还善良和有诗意,语言斯文……

同样是长大,那会多么不一样!

◆自己的书◆

优秀的文学书,也有不同。有很多是写给成年人的,也有专门写给孩子和青少年的。专门为孩子和青少年写文学书,不是从古就有的,而是历史不长。可是已经写出来的足以称得上琳琅和灿烂了。它可以算作是这二三百年来我们的文学里最值得炫耀的事情之一,几乎任何一本统计世纪文学成就的大书里都不会忘记写上这一笔,而且写上一个个具体的灿烂书名。

它们是我们自己的书。合乎年纪,合乎趣味,快活地笑或是严肃地思考,都是立在敬重我们生命的角度,不假冒天真,也不故意深刻。

它们是长大的人一生忘记不了的书,长大以后,他们才知道,原来这样的书,这些书里的故事和美妙,在长大之后读的文学书里再难遇见,可是因为他们读过了,所以没有遗憾。他们会这样劝说:"读一读吧,要不会遗憾的。"

我们不要像安徒生写的那棵小枞树,老急着长大,老以为自己已经长大,不理睬照射它的那么温暖的太阳光和充分的新鲜空气,连飞翔过去的小鸟,和早晨与晚间飘过去的红云也一点儿都不感兴趣,老想着我长大了,我长大了。

"请你跟我们一道享受你的生活吧!"太阳光说。

"请你在自由中享受你新鲜的青春吧!"空气说。

"请你尽情地阅读属于你的年龄的文学书吧!"梅子涵说。

现在的这些"国际大奖小说"就是这样的书。

它们真是非常好,读完了,放进你自己的书架,你永远也不会抽离的。

很多年后,你当父亲、母亲了,你会对儿子、女儿说:"读一读它们,我的孩子!"

你还会当爷爷、奶奶、外公和外婆,你会对孙辈们说:"读一读它们吧,我都珍藏了一辈子了!"

一辈子的书。

目 录

第一章
图书馆邂逅 / 1

第二章
旧钟：命运的预言 / 13

第三章
文具盒：说谎成性的代价 / 30

第四章
瓷盘：价值的真谛 / 50

第五章
餐桌：饕餮之宴 / 64

第六章
羽管键琴：信任是最大的荣誉 / 77

第七章
衣架：闯祸的坏脾气 / 98

第八章
镜子：都是虚荣心惹的祸 / 113

第九章
拉盖书桌：谁是凶手？ / 131

第十章
灌铅玩具兵：一个关于理想的故事 / 149

第十一章
铜床：善恶终有报 / 165

第十二章
谜底 / 181

第 一 章

图书馆邂逅

我喜欢照看动物,埃尔莎在一张纸上写着,或欣赏重型机械。五年级时,有一次老师布置作业,要求写"从事不同工作的人",她被分派到镇上的图书馆参观了半天。那可是她最不愿意做的事情!没有人说过自己喜欢图书馆,但是总有人被派往那里。图书馆馆长非常慷慨,每年提供一个免费参观名额,学校总是派懂礼貌的学生过去,比如埃尔莎。而派过去的学生也总是面带笑容,从不说"只想去照看动物或欣赏重型机械"之类不中听的话。但那些声称自己对恶作剧感兴趣的小捣蛋,则会被派往养猪场待上一天,好让他们整不出什么乱子来。这回轮到埃尔莎被派往镇图书馆了。

有人领着她看了看借书卡、大号铅字排印的书、报纸和电话黄页。她还给小朋友们讲了个故事,那些小调皮就坐在埃尔莎的脚边,把书扯得粉碎。在她周围,她可以听到一个老头儿一边看《风帆冲浪》月刊一边咳嗽的声音,人们在书架旁翻书的声音,以及他们来回走动的脚步声。

《如何养好仙人掌》《阿富汗战争及其对贸易的影响(1850—1900)》《P.艾德蒙德·格罗斯密作品集》《危地马拉复式记账法》等,这类书谁会去看呀？难道真会有人抢着要去照看快死的仙人掌,或是醒来后到自家阳台上朗诵一段P.艾德蒙德·格罗斯密的诗句,或是从飞往危地马拉的飞机窗口往外看,巴望着在那儿多待几天,好好了解一下当地的记账方式？

此间,借书柜台不时会传来各种声音。

"外面还下雨吗？"

"有凯瑟琳·库克森的书吗？"

"天气真糟糕！"

"挺冷的吧？"

"对不起,被狗吃了。"

外面,雨不断地打在玻璃窗上,好像在发泄着无法进入图书馆阅读这些引人入胜的书籍的不满。

这时,副馆长米勒太太说:"埃尔莎,今天特别款待你,让你使用一下微缩胶片机,怎么样？"

埃尔莎回答道:"太好了,谢谢米勒太太！"

"这东西就像一个放大镜,这些有机玻璃片上列有图书馆的藏书目录,但字很小。把这些玻璃片放上来,嗬！这些字马上就会投影到银幕上,经过放大就可以阅读了。神奇不？"

"真的啊,米勒太太。"埃尔莎很有礼貌地回答道。

"你看这儿……"米勒太太继续说道,神秘的口吻就像是在透露一个天大的机密。那些经过放大的绿色字母不停地在银幕上一隐一现。趁米勒太太走开之际,埃尔莎又插入了一张玻璃片,银幕上显示出:

书说话来倒字的写奇芬·达 1950

字全是倒着的,原来是她放反了!埃尔莎不由得叹了口气。

突然,身后有一个人把下巴搁在埃尔莎的肩上,对着她的耳朵说:"知道吗,达·芬奇以前就这样写字!"

埃尔莎吓得手抖了一下,银幕上的字迅速变得模糊了:"什么?他倒着写字?"

"哦,不是,是在微缩胶片上,很少有人知道的。"

埃尔莎可以看到那人的笑脸映在银幕上,同时看到许多条绿色的书名混杂在他的身影中。

书说话来倒字的写奇芬·达 1951
书说话来倒字的写奇芬·达 1952
书说话来倒字的写奇芬·达 1953
书说话来倒字的写奇芬·达 1954
书说话来倒字的写奇芬·达 1955

她把肩膀抽出来,转过头,看看那人面相如何,是否可以与之交谈。总体上看,他不是埃尔莎信任的那种人。

他穿着一件绿色灯芯绒外套，肘部、腋下和纽扣孔四周的条纹都已被磨平了。绿色蝴蝶结领带没有系上，而是耷拉在领子下面。白色法兰绒板球裤裤腿的膝盖处各有一块长长的椭圆形绿草斑痕，颜色倒是与外套很相称。麂皮鞋子颜色很深，多处已被磨光，一块一块的，就像板球门前被踩踏过的草地一样。黑色的鬈发快要掉光了，显得"绝顶聪明"。激动时前额上青筋暴露，下巴上短短的黑胡子成了"分水岭"，使得脸与领口处露出的苍白皮肤形成了鲜明对比。

"喜欢看书吗？"

埃尔莎耸耸肩，说："还行吧！"

"还行？看来兴趣一般呀。我特别喜欢在书店里看书，从头看到尾，可是也不买。这两天我刚看完《韦斯登板球运动员年鉴》的一半，花了三天才看到了1953年。晚上在这儿过夜真的不舒服，而且我又不敢开灯，害怕巡逻的警察误以为我是破门而入的小偷儿。"

"你是说你在这里……"埃尔莎还没说完，米勒太太走了过来，阻止他们大声讲话。米勒太太看了那人一眼："又是你！告诉你多少次了，这里是大家安静学习、借书的地方……他是不是在纠缠你，埃尔莎？"

"哦，不，不。"埃尔莎微笑着回答道。

"年轻人，你住哪儿？你干吗不到你家附近的图书馆去看书？你在这儿晃荡好多天了，你家到底在哪儿？"

"我正啃书呢。"年轻人很警觉地说道。

"肯特郡的①？"

"肯特郡？随你怎么说都行。"他很疑惑地回答道。

米勒太太生气了："我命令你马上离开！我有这个权力！"

年轻人也拉下了脸："什么？你敢赶我走？"

"没错！"

"什么？就像天使挥动宝剑把亚当和夏娃赶出伊甸园那样赶我出去？"

埃尔莎和米勒太太一齐瞪着他。米勒太太问："年轻人，这是你表达幽默的方式吗？"

显然不是，因为他突然双膝跪下，用手拽着米勒太太的裙子说道："我没地方可去啊，现在是冬天，是足球赛季，板球赛季要到五月份才开始，这段时间我无处可去呀！"

米勒太太气得双手抱肩，但很快又镇静下来，说道："我要打电话叫警察来把你弄走！"但年轻人还抓着她的裙子呢，所以她一时半会儿还走不了。过了一会儿，年轻人松开手转向埃尔莎，米勒太太赶紧开溜，胶底鞋摩擦地面发出的刺耳声音在图书馆里回荡着。

"你帮帮我，好吗？"他双膝跪地，哭着爬到埃尔莎面前，"你不会忍心看着我被扔到大街上，除了红绿灯和涂鸦，没什么东西可以

---

①米勒太太把"啃书"听成了"肯特"。

看,晚上也无处栖身吧? 我能在哪儿找到工作?像我这样的人怎样才能活下去啊?"

"我们家的店需要人手。"埃尔莎脱口而出。

"什么样的店?谁的店?在哪儿?"

"主要卖旧家具,我妈妈负责经营,我爸爸去世了,妈妈对销售一点儿也不在行。"这时,走廊那头儿传来敲门声。"哦,快走,不要被警察抓到!他们就在隔壁!快!"埃尔莎说。

他点点头,站起身,打开一扇格窗:"我在外面等你,快点。你是我的救星,你不会后悔的!"他爬出窗外,夹着雨的风吹起他的绿色灯芯绒外套,屁股上可以看到板球留下的红色印记。她赶忙关上窗,坐了下来,颤抖地看着那些微缩胶片。这时,米勒太太和一名警察一起走了过来。

"他就在这儿,警官……已经在这儿晃荡三天了……那家伙人呢?是不是跑了,埃尔莎?"

"是的,他跑了,米勒太太。"埃尔莎回答道。

不过埃尔莎知道,她麻烦大了!

下午四点再次看到他的时候,埃尔莎想过要从别的地方溜走,可是她无路可逃。他浑身湿漉漉的,看上去像隐身在一片绿色阴影之中,黝黑的皮肤和胡须上的雨水还在往下滴。

"你最好来跟我妈妈谈谈。"埃尔莎迟疑地说,"反正我不能给你任何承诺。"

"好呀,好呀。"他跳过埃尔莎身边的水坑,弄得水花四溅,手举过肩像要投掷板球一般。

"你叫什么名字?你得告诉我,我好跟妈妈介绍你。"

他不假思索地答道:"我叫博克夏尔。"

"你这个大骗子。"埃尔莎心想,但像她这样有家教的女孩可不能当面骂人。

听说有个年轻人要来店里找工作,波维太太冲着埃尔莎吼道:"好你个埃尔莎,还带回来个浑小子!"她用手指梳着灰白的烫发,自从丈夫去世后她就一直满脸憔悴、忧伤,在这个时候也忘了掩饰。由于生意惨淡,白天她一直在担心钱的问题。这会儿她站在店后面灯光昏暗的小客厅里,犹豫着是该骂走这个年轻人,还是应该保持礼貌。虽然她没有时间保持礼貌,但她一直很有涵养,所以才调教出埃尔莎这样懂礼貌的女儿,她觉得此时也应该如此,不可以破坏了长期以来的家教,也许这正是她的缺点吧。"好吧,我还是跟他谈谈,他叫什么名字来着?他人呢?"

当她们在旧餐具柜后面找到这个年轻人的时候,他正弓着腰在旧书架上乱翻。埃尔莎犹豫了,不知道该如何介绍这个年轻人,可他却笑着伸出一双大手,使劲握住波维太太的手,说道:"我叫博克夏尔,MCC.博克夏尔。埃尔莎,你竟然没告诉过我这儿有好多书!好多书呢!"

"不过是些旧书而已。"埃尔莎嘀咕着。

"不过是？这可是最好的玩意儿！波维太太，只要我醒着，随时听候您差遣！"

"呃，这个嘛……恐怕……埃尔莎可能不知道经营这么个小生意有多难，我当然愿意请个帮手……"

"是啊，所以我来了，咱们真是有缘啊！"

"……可我真的雇不起人，还有国家规定的失业保险、养老金，还有许多法律规定的其他义务……"

"哦，我免费为您工作，您不必为钱发愁了，我自己也没钱嘛。真的，您甭担心，只要能赏我顿简单的午饭，让我免费看这些书就成。对了，有没有想过开发开发旧书生意？我对书还是很在行的。"

"顾客来这儿只是为了看那些旧家具。"波维太太嘟囔着，瞟了瞟她女儿，"哦，那可不行，我不能让你白干活儿不拿钱，博克夏尔先生，没人会白干活儿的。"

"可这总比下雨天还在街上流浪强多了，如果您不介意，能否让我住在这儿，这样我就省得租房子住了。"这时，他早已横穿过店里，躺到一张"嘎吱"作响的带脚轮的黄铜床上，床头靠着五斗柜。床边的小装饰品和衣帽架被弄得不停地摇晃，长尾鹦鹉小挂件摇摇摆摆，没上发条的钟居然还敲了一下。"您想想，有我在这儿就安全多了，总比防盗警报好使吧！"

"没错，没错，博克夏尔先生。"波维太太说道，无奈地摇摇头，

"你真的喜欢卖家具吗？难道你不会觉得太无聊，像你这样的……人。"波维太太实在找不到合适的词语来形容他了。

"您怀疑我是否真有卖东西的能耐吗？"他这么一说，波维太太尴尬得脸都红了。他跳下床，抓起波维太太的双手，很恭敬地吻了一下："求您让我试试，您不必马上做决定，可以先让我试着做一两周，我是真能卖出东西的，您不必担心。不管怎么说，我已经成功地把自己'卖'给您女儿了，现在不是连您也开始动摇了吗……"

一直到吃晚饭的时候，埃尔莎仍然不敢相信这一事实。"妈妈，我真没料到你会收留他。"埃尔莎说道，"我想你总应该知道怎么跟他说'不'吧。"

波维太太叹了口气，示意埃尔莎说话声音轻点，以免楼下店堂里的MCC听到："现在年轻人找份工作很难，直接拒绝他真有点儿于心不忍。何况他又那么热情……人看上去也不错。"

"那又怎么样？他为人好古怪哟。"

"嘘——宝贝，他是有点儿怪怪的……不过也挺活泼可爱的，不是吗？我们俩好像都不够活泼呢。"

"要是他趁我们睡着的时候把店里洗劫一空怎么办啊，老妈？"

"可能吗？"

"我的老妈！"埃尔莎气得大叫起来。

波维太太搅动着杯中的茶，直到茶溢了出来，她满脸的皱纹看上去就像一幅珍贵的地图。"埃尔莎，你惹来的麻烦，却指望我来收拾残局？快吃你的饭，别再啰唆了，我的宝贝女儿。"她说。

母女二人闷头儿继续吃饭，两人都有点儿后悔，眼睛不停地朝地板上看，因为她们都想到了楼下昏暗的店铺。

还是波维太太打破了沉寂："他应该还没吃饭呢。"

"估计没有。"

"那我们应该给他留点晚饭吃。"

"是啊，这样才显得有礼貌。"

埃尔莎脑海中闪过一个念头，也许MCC.博克夏尔已经改变了主意，偷偷溜走了。此时店内鸦雀无声，一片昏暗，到处堆满了各种旧物：尖头的抽屉、散落的椅子腿、杂乱的电线……一不小心就会被绊倒。突然，好像有什么东西在动，埃尔莎仔细一看，原来是自己的影子在一面有着镀金边框的大镜子中晃动。

再一看，埃尔莎又看见了他。他正坐在书架边的扶梯顶上，一本翻开的书平摊放在大腿上，小手电的微弱灯光照亮了他白色的裤腿。他似乎并没有看到埃尔莎，只是埋头看书，一副心无旁骛的样子。

"你这样看书很伤眼睛的。"埃尔莎说道，但他却置若罔闻，"我妈叫你去吃晚饭，就是简单的奶酪通心粉。"

他双眼依然紧盯着书本，大约过了半分钟才漫不经心地缓缓挥了挥手，示意他听到了，还轻轻地"嗯"了一声。

埃尔莎回到楼上，妈妈问她："他说什么了吗？"

"只是'嗯'了一声,还忙着看书呢。"

母女俩就在楼上一边等一边抱怨,眼睁睁地看着奶酪通心粉渐渐凝固起来。但MCC.博克夏尔压根儿就没来吃晚饭,一直也没来。

第 二 章

旧钟：

命运的预言

第二天,埃尔莎感到有些不安,她终究不太放心把母亲单独留在店里和MCC待在一起。不过他一直埋头苦读一本叫《业余家具收藏者入门》的书,看上去似乎也兴不起什么大风浪来。

"不好意思,我们没什么更有趣的书了。"波维太太带着歉意说道。埃尔莎不禁失望地摇了摇头,心想:妈妈根本驾驭不了他。傍晚一放学,埃尔莎就匆匆忙忙赶回家,忙不迭地问道:"他帮得上忙吗?和顾客相处得好吗?卖掉什么了吗?"

波维太太无力地笑了笑:"没惹一点儿麻烦。真的,他压根儿没来烦我。"

"他一整天都在看书,是吧?打我今天早上去上学,他就一天都赖在椅子上没起来过,对不对?你老实说。"

"好吧,说实话,他中午起来过,和我一起吃了芝士三明治。"

"噢,天哪,妈妈,他什么忙也帮不上,这样下去,他只会把我们家吃空的。我得告诉他必须马上离开！"

"噢,是吗?亲爱的,那你就去说吧。"每当埃尔莎虚张声势时,波维太太总是知道该如何将计就计,"他说他是在做研究,这样才能了解咱们店里的家具。"

"有什么好了解的?那都是些垃圾。"

"噢,不,MCC说里头有不少好货色。你说巧不巧,咱们架子上正好有一本书写的是……"

"哼,等把这些书都看完了,他总该走了吧。"埃尔莎酸溜溜地说道,"幸亏店里没多少书。"

"噢,对了,今儿上午有位女士拎了一整箱的书来店里……"

"然后呢?"

"我告诉她我们很少收旧书,况且我手头也没有多余的现钱。"

"接着呢?"

"接着MCC就给了她十镑,把整箱书都收下了。"

"噢,妈妈,给了十镑!"

"别唠叨了,埃尔莎,乖,我的宝贝女儿。"

幸亏转天是星期六,埃尔莎才没错过店里一场精彩的交易。那天,隔壁报摊的主人辛格先生在他门前竖起了一架梯子。这么一来,大多数路人为了不从梯子下走过[①],便直接走街对面了,压根儿

[①] 译者注:在西方国家,尤其是英国,人们认为从梯子下走过是很不吉利的事。

15

就没看到还有这么一家波维古董店。

十一点左右来了一对夫妻，大声批评着店里没有一件像样的东西；还来了一个流浪汉，取了会儿暖，他知道总能从波维太太这儿讨杯茶喝；有个小学生想给妈妈买件生日礼物，波维太太便谎称有个标价一镑的小化妆镜贴错了标签，以十便士的价格卖给了他，小孩儿离开后，搁饰品的桌子上却不见了几件小东西；一个老头儿刚进门就撞翻了衣帽架，打碎了一个瓷瓶，把脸盆架也磕掉了一块；送牛奶的人也来过，不过是来要账的。

这期间，MCC.博克夏尔像只猫一样平躺在绿色天鹅绒长椅上看书。要不是这么个怪里怪气的年轻人四仰八叉地躺着看一本叫《迷信与未解之谜》的书，或许会有顾客对那把长椅感兴趣呢。

终于在那天下午，一位和蔼可亲、上了年纪的军官直接穿过门外梯子，面带笑容地跨进店门，胳膊下还夹着一份《赛马时报》。他径直走向靠在墙边的一座老爷钟，不断地捋着又软又白的八字胡，神情很愉悦，显然对这座老钟颇感兴趣。埃尔莎心想，只要她妈妈别出声，这笔生意看来是大有希望啊！

"是座漂亮的钟，真是漂亮。"老先生说道。

"就是对大多数人的房子来说好像稍大了一点儿。"波维太太说道。

"是吗，不过我恰巧有幢老房子，又通风，屋顶又高。"老先生边说边抚摸着光滑发亮的木质钟面嵌板。

"可是,它走得不太准,其实,根本就不走。"波维太太带着歉意说道。

"噢,天哪!"老先生脸色一沉。

"链条什么的都搅在一块儿了,有的零件也坏了。"她打开面板,眼前是一堆生锈的钩子、链条、重锤,都缠绕在一起。二人并肩站在那儿,神情黯然地盯着这座"五脏不全"的老爷钟。

"肯定是从很高的地方摔下来过。"波维太太说道,"您瞧,钟面也裂开了。"

"噢,天哪,天哪!"老先生转身说道,"真是太可惜了。"

埃尔莎对着妈妈的背影皱了皱眉头。

"怎么,波维太太,您不打算告诉他这钟背后的故事吗?"店铺另一头儿传来一阵抑扬顿挫的轻快声音。MCC从长椅上一跃而起,犹如全国障碍赛赛马冠军那样,三下五除二地跨过挡道的家具,跑到店铺这头儿。"也不打算告诉他是怎么摔坏的吗?"他边嚷嚷边冲到钟边,一把揽住钟座,就像碰到久别的老友一般。

"但我不知道……"波维太太有些糊涂了。

"不知道?好吧,太太,我可是一清二楚的,这个故事可得好好讲讲!"

"博克夏尔先生,我压根儿不知道你还……"波维太太话音未落,MCC已经转向老先生了。

"先生,我觉得您不至于对马和赛马运动毫无兴趣,不过,我倒觉得您未必听说过康尼马拉①的幸运芬巴。"他拖过一把破旧的扶手椅,顺势顶在老先生的膝窝上,老先生不由自主"砰"的一声跌坐在椅子里,"当然啦,没听说过也很正常,毕竟那是很久以前的事了,而您呢,从历史角度来看,还正当年呢。让我好好给您讲讲这个故事的来龙去脉,然后由您自己来判断这座钟的经历是否独具魅力而又有特别的意义。"

"天哪!"老先生嘴里叫着,身子却不由自主地往椅子里挪了挪,十指紧扣,搁在肚子上,听 MCC 绘声绘色地讲起来。

★ ★ ★

在流落到这儿之前,这座钟的主人是个爱尔兰人,名叫芬巴。他靠着买马和赛马的天分,从一个小马倌一路发迹成一个富有的人。他的第一匹马是靠玩掷蹄铁游戏从一个骑师手里赢来的。芬巴认定是幸运之神眷顾了他。他觉得自己能赢得这么一匹货色上乘的良驹,全是因为那天早上他跟一个排行老七的人的第七个儿子握了握手。从那儿以后,他可是对如何保持这种好运气一点儿都不敢马虎。

如果一早起床下错方向,那可会让他一整天都提心吊胆,生怕

---

①译注:爱尔兰西部一地名,那里出产的康尼马拉马是著名的赛马品种。

出门便有噩运降临。他总是随身带枚银币,看到新月升起便把银币翻个面。每当新月凌空,他就把家里的窗户全打开,冬天也不例外,生怕新月的光透过窗户照进屋内。①

功夫不负有心人,运气倒也从不辜负他。从那儿以后,他逢赛必赢,还买下了不少好马,每一匹都能够赢下都柏林金奖赛。当然啦,他的成功和在康尼马拉土生土长是分不开的。要知道,那儿有全世界最好的赛马和最精明的马商,从小耳濡目染与他后来大显身手不无关系。不过芬巴却另有想法,他把这一切都归于幸运之神的青睐。

后来,他搬进了宽敞的大宅子,还雇了好几个仆人把房子打扫得一尘不染。有一天,他看到一个女仆把靴子搁在餐桌上擦拭,便立即把她辞退了:"你难道没听说过把鞋子放在餐桌上是不吉利的吗,笨蛋!"

如果不巧出门忘带了东西,芬巴一定要在原地转上三圈,接着在扶手椅里坐上十分钟再回屋去拿。由于在新月升空时总是开着窗子,他的房子里常跑进一群群野猫,有黑的、白的、灰的,也有斑纹的,不过什么猫也挡不住好运气源源不断地朝他涌去。

为了将噩运挡在门外,他在前院种上紫杉,花圃里除了幸运石楠,别的一概免谈。一到春天,院子里青一块紫一块,就像被人打肿

---

① 译者注:起床下错方向会招来噩运,新月升空需要把银币翻面等都是英国传统迷信说法。

的脸。他甚至喝起了石楠茶,还把石楠的嫩枝掺到饲料里喂马。但马儿们不太喜欢这股味道,一吃就都吐了出来。另外,只要一看到落单的喜鹊,他便会立即把它轰走。

芬巴越来越富有,已经不屑与赛马场上那帮旧友来往了。他开始只用幸运石楠喂养那匹新添的母马了,等着找个合适的机会在比赛中试试它。一天下午,镇上的人看到芬巴骑着马往马场去了,便纷纷收拾东西回家了——还瞎算计什么呢?都押芬巴的马不就得了,幸运芬巴可从没失过手。

但传说中的矮妖精(也可能是作为饲料的石楠)把那匹母马弄得脾气倔强,难以驾驭。芬巴一上马,靴尖刚碰到它那凸起的肚子,它就连着狂跳了几下,撞倒了一个马场工作人员,直愣愣地朝发令员的椅子冲去。

在当年的康尼马拉赛马场上,发令员都是坐在一架人字梯的最上面一格,梯子被刷成白色。那种梯子很高,看到芬巴的马龇牙咧嘴地抻着脖子朝自己猛冲过来时,发令员胆战心惊。他不由自主地高高地抬起腿,猛吹哨子,狂摇发令旗,但这使得那匹马更加疯狂。它垂下头,就像面对斗牛士的野牛一般向着发令员发起进攻。

要是芬巴预料到会这样,他肯定会跳下马鞍,滚落到草地上。但他以为最多只会撞坏梯子,却万万没有料到那匹马一头钻进了人字梯的下面,大有将梯子顶起之势,如同印度的大象顶起象轿一般,这种疯狂的举动只有马儿肚子剧痛时才会发生。芬巴将身体拼命压向马脖子,尽量压低高度,他们居然安全穿过了梯子。高高在上的发令员呆若木鸡,倒也有惊无险,没有人受伤。那匹母马继续跳跃直到筋疲力尽,一头栽倒在地上,侧卧着口吐白沫,两眼肿胀,目光呆滞。

当芬巴顺着发生意外的路返回时,他看到吓傻了的发令员还在紧紧地抓着梯子顶端,一脸茫然,就像瞭望员死命抓住沉船桅杆似的。梯子投下一道阴影,犹如一柄利剑直刺芬巴的心窝。那可是一架梯子啊!

这种从梯子下穿过的凶兆发生在自己身上,倒霉的事也会降临在自己头上吧?芬巴冒出一身冷汗,脸色煞白。

"或许严格说来,它也算不上是梯子。"他聊以自慰地想着。但心头刚掠过一丝希望,他便听见梯子的主人冲出人群,大声嚷道:"俺再也不把俺的梯子借给你们使了!俺的宝贝梯子可别撞坏了啊,这可是俺最好的梯子,也是俺最高的一架,天哪,还好它够高!"

"闭上你的臭嘴!"芬巴大声呵斥,令梯子的主人错愕不已,"这下我算完了!"

要是芬巴坐以待毙,静待噩运降临,或许也就没有后面的故事了。可他偏偏愁肠百结,总是思量着一架用作发令员椅的梯子到底算不算梯子。此外,他还非想弄清楚究竟会有怎样的噩运将落在自己的头上:是受伤、马瘟、破产、遇上抢劫,还是……更糟糕的事?

所以,当他在《康尼马拉时事报》上看到下面这则广告时,便立刻找上门去。

吉卜赛占卜师乔·佩德里克

欲知命运吉凶

请来店详洽！

他换上一套最好的西服，搭火车前往巴里穆彻特，那位吉卜赛人乔·佩德里克的占卜店就开在那里一家小鱼摊的楼上。

对迷信的人来说，芬巴在这节骨眼儿上碰巧读到这则广告，又碰上这位占卜师无疑都是命中注定的。佩德里克在他的店倒闭后不久就摇身一变成了吉卜赛人。一个破产的倒霉蛋总得找点事做以维持生计吧，那年都柏林金奖赛就数他输得惨，落得个倾家荡产。

这会儿他靠着哄人谋生，这边告诉年轻女孩们将会遇到白马王子，那边告诉中年妈妈们孩子肯定飞黄腾达，净是些讨人喜欢的预言，绝不会让人心神不宁，没什么不好的预言，就算有，也是无伤大雅。

芬巴面色苍白、满脸愁容地在佩德里克对面坐定，开始推心置腹地道出心事："先生，过去人们都管我叫幸运芬巴，我也的确敢说自打我出生，幸运之神便一直眷顾我。"他顿了顿。

这位吉卜赛占卜师的烟斗刹那间掉落膝上，燃烧的烟草撒了一裤子，他手忙脚乱地拨弄了一阵。佩德里克整整头巾，但呼吸急促，脸上泛起各种颜色，头巾遮都遮不住。"我听说过你的故事，我想想，对了，幸运芬巴吗？几年前在都柏林金奖赛上，您可是赚了个盆满钵满啊！请继续，先生。"

"是这样，我想我干了件可怕的事，这事儿糟糕到能把我的好运气毁得不成样子，让那些坏运气乘机祸害我。我……我从一架……一架梯子下穿过了！"接着，他详细描述着那天发生的可怕经历。佩德里克坐在他对面，两眼直勾勾地瞪着天花板，手里反复洗着一副扑克牌。

"抽牌吧，芬巴，我来告诉你最坏的情况。"他说道。

芬巴抽好牌，桌上铺开了一列相当不错的清一色红牌。佩德里克倒吸了一口凉气，说道："再来一次先生，我不太喜欢这样的牌面。"

芬巴又抽了一次。佩德里克摇了摇头，转了转眼珠："回天乏术啊，先生。今年你必死无疑，毫无疑问，必死无疑。"

芬巴瞪大了眼睛，用力抓住头发："什么？！死？难道我就束手无策了吗？你知道，我不过是从梯子下穿过而已啊。"

"敢问谁又斗得过命呢？"佩德里克平静地说着。他收起扑克牌，开门送客："十先令，先生，谢谢惠顾。"

芬巴走了，就像一只被踢翻的牛奶瓶，跌跌撞撞地下了楼梯。占卜师咬牙切齿地轻声说道："总算是报仇雪恨了！"要不是都柏林金奖赛上那几匹冠军马意外失蹄，佩德里克也不至于破产而沦落到如此地步。倒霉到这份儿上，他可是前无古人，后无来者的第一人了。要不是幸运芬巴，佩德里克早就是个有钱人了，哪儿会像现在这样窝在鱼摊楼上的一个小房间里假扮吉卜赛人。

回家的路上，芬巴觉得周围的一切霎时变得危机四伏。每辆疾驰而过的马车里好像都会跳出蓄谋已久的杀手，在街角游荡的粗壮汉子看上去也是虎视眈眈，好像随时要取他性命。回程的火车上，他时刻等着列车出轨，抑或是河水突涨将他淹没。摇曳的树枝像是有意冲他而来，屋檐上的石板瓦更像在伺机而动，等着掉下来把他砸晕。刚一到家，他就看到一群喜鹊在前院闲庭信步，一数，正好十三只。他吓得不顾一切地拔出钥匙开门，急不可待地冲进他视为避难所的豪宅。

在大厅里迎接他的正是那座胡桃木老爷钟。老钟俯视着芬巴，时间指在一点五十分，就好像正在自鸣得意地露齿而笑。"嘀嗒……嘀嗒……"钟声回荡在寂静的屋内，一分一秒倒数着芬巴生命所剩的时间。

他辞退了厨娘，怕她往食物中投毒；他解雇了男仆，怕他是个借仆人之幌隐匿起来的通缉犯；他还打发了管家，因为她说他是个迷信的蠢老头儿，否则也不会把好好的钱浪费在鱼摊楼上的那个骗子手里。

他用木板封死所有的窗户，生怕战争会突然爆发；他一枪把踢脚板轰成碎片，断了老鼠的后路，免得它们带病入屋。他盯着老爷钟狂吼："我偏不认命，偏不！"而老爷钟也始终面无表情地盯着他。

日子一天天过去，芬巴被忧愁折磨得心力交瘁。事实上，对于一名骑师而言，他如今的身材倒是格外合适。当然，他现在是不敢出门骑马了，外面危机重重，他哪儿还敢离家半步？就算没别的危险，骑马也不妥，万一从马背上摔下来，被马咬一口、踏一脚或索性整个人被压在马下……于是他对着信箱口向外喊话，叫邻居们把马牵走。一匹？不对，全部！邻居们乐得做个顺水人情，将马儿据为己有，选定中意的良驹后便牵着一溜小跑回家，边跑边开心地说道："芬巴脑筋搭错了，我们可走运了！"

　　十一月过去了，年底将近，赛马场里的人们无一例外赚得盆满钵满，因为幸运芬巴不再参赛了。

　　大厅里的老爷钟依然无情地走着，像个狙击手秒杀着芬巴剩下的时间。

　　圣诞节的欢乐气氛让每个人都忽视了他们邻居的诡异变化。事实上，芬巴总是把自己锁在豪宅内，人们已完全将他抛在脑后。唯一陪伴他的只剩下那座矗立在大厅里的老爷钟和永不停歇的"嘀嗒……嘀嗒……"。

　　时间的轮转将今天变成昨天，将圣诞日转成节礼日[①]，又将节礼日化成新年前夜。

　　今年必死无疑。"嘀嗒……嘀嗒……"整点报时的声音又响起

[①] 译者注：圣诞节后的第二天，大家在这一天拆开各自的礼物，故称节礼日。

了，时间又往前挪了一小时，不知从哪儿传来一声低微的笑声。芬巴拉开老爷钟的胡桃木面板，对着钟摆怒吼："那个吉卜赛家伙是个骗子！我才不会死呢！"

然而钟摆只顾自己晃荡，老爷钟依然不停地"嘀嗒……嘀嗒……"，似乎分分秒秒都在重复着"今年必死无疑"。

"嘀嗒……嘀嗒……"这声音滴水穿石般打落在芬巴身上，又像一把小刀剜得他求生不得、求死不能。

村里聚会热热闹闹的声音随风飘进芬巴的耳朵里。这一年最后一天的午夜一分一秒地逼近。"嘀嗒……嘀嗒……"新年的脚步一步紧似一步地逼近了，和着大厅里回荡的"嘀嗒……嘀嗒……"。

恐惧牢牢地攫住了芬巴。他瘫坐在柳条椅上，一抬头正冲着钟面。他的心怦怦乱跳，感觉这座老爷钟必定会在敲响午夜钟声前将他结果了。那个吉卜赛人有什么理由要说谎呢？就像这个神秘的家伙所说，又有谁斗得过命呢？"嘀嗒……嘀嗒……嘀嗒……"只剩五分钟了，芬巴死期将至。

"等等，到底是谁来决定今年是哪一年？"芬巴冲着老爷钟问道，"就是你们这些玩意儿，弄得辞旧迎新，年复一年。要是没有钟，我们就可以永远生活在一年里，不必顾及时光飞逝。你说，时间究竟是个什么东西，嗯？"老爷钟没有回答，只是"嘀嗒……嘀嗒……嘀嗒……"走个不停。"钟这东西还不是某个家伙最先发明的吗？不正是我们把时间分段，还想出了'小时''分''秒'的计时单位吗？既然是我们把它想出来的，没有它我们也照样活！时间就是卖生日贺卡和新年礼物的奸商们捏造出来的玩意儿，对了，还有卖钟的人……对，就是这么回事！时间不过就是钟匠的发明，只在钟里才有！瞧着吧，我的屋子里才不需要钟呢！看着吧，一座钟也没有！你这倒霉的破钟，看我这就给你个了断，叫你再嘀嗒！把我当成不堪一击的老拳手，哼，你可看走眼啦！"

离午夜还剩一分钟。

芬巴将柳条椅拖到钟前，甩掉软垫，向上爬去。身体笨重些的人多半会用脚钩住柳条站得稳些，但芬巴可是个体态轻盈、动作敏捷的骑师啊。只见他在黑暗中摸索了几下便够到了钟面插销，面板应声打开。老钟即将报时，链条正在一股脑儿地向上绞，就像上升中的船锚，弹簧也被扯得发出"嘎吱嘎吱"的响声。芬巴用手指截住分针，用力回拨。真是个愚蠢的家伙，其实他只要让钟摆停下不就行了吗。

报时装置已经启动，一切都为时已晚。整座钟"叮叮当当"响个不停，摇摇晃晃，钟架也颤抖起来。芬巴的脸几乎贴上了钟面，第一声钟响便震得他好似鼻子上狠狠地挨了一拳。他连忙转过头，耳朵却被钟面上的钩子卡住，好一阵剧痛。

芬巴气急败坏，破口大骂，岂料身下的柳条椅向后倾覆，芬巴赶紧向前挺身，死命抱住上面两个钟角，这可好，老钟向前晃荡，摇摇欲坠，突然钟门大开，里面的链条、钟摆、连杆、重锤和打鸣装置一股脑儿倾泻而出。随着惯性，老钟轰然倒地，钟面砸了个稀烂。

钟下压着的有一堆小柳枝，刚才的柳条椅已不复存在，还有我们的幸运芬巴，赌徒们的克星、爱尔兰有史以来最迷信的一个老傻瓜。

消息一传出，那位预言家佩德里克可成了个人物。他认为能准确预言幸运芬巴去世的悲惨命运算得上他一生最大的幸运。

★ ★ ★

MCC 的故事讲完了，埃尔莎还靠在脸盆架旁，大张着嘴，合也合不拢。波维太太窘得无地自容，退到后门，忧心忡忡地搓着双手。老先生朝前挪了挪陷在扶手椅里的身体，下巴搁在手杖上，紧盯着老爷钟，突然发出一阵大笑。

"我要了，肯定要了！开个价吧，孩子！"

"一百镑，先生，愿它带给您好运。"

"运气嘛，我是不太懂的，小伙子。嗯……不过这可是继巴顿将军被军乐鼓手的马踩在脚下后我听到的最有趣的故事啦。下午把它送来。对了，一个零件也不能少，我要让它重新报时，就像新的一样。真是座好钟，故事也精彩，太棒了！"

老先生走后，MCC 对自己的表现极为满意，两手不停地搓着外套，春风满面地说道："此乃推销之道也。"

"但你说的简直是一派胡言。"波维太太小声说道,她实在想不出什么更礼貌的词语了。

MCC 站直了身体,看起来身高比六英尺①还多一点儿:"您说这是一派胡言,夫人?"

"呃……是啊,难道不是吗,就是……谎话。"

"这可不叫谎话,夫人。"他毫无愧色地说道,显然没有丝毫悔意,"虚构,我称之为虚构,这才是每个人都想听的。虚构,夫人!"说完他又大步走回到长椅那里,与埃尔莎擦肩而过时,还用手肘顶了她一下,眼睛闪闪发光,报以一个短促但灿烂的笑容:"怎么样,卖掉了吧,我还不赖吧?"

"卖是卖掉了。"她说道,顺势后退几步,"但你根本就不是爱尔兰人吧,博克夏尔先生?"

"据我所知,不是。"他轻快地耸了耸肩,"不过呢,万事无绝对,谁说得清呢。"接着,他就重重地坐回绿色天鹅绒长椅里,继续沉醉于他的书中。

"噢,对了,请叫我 MCC。"

---

① 1 英尺等于 0.3048 米。

第 三 章

文具盒：
说谎成性的代价

MCC.博克夏尔好像早餐前就出门了，但埃尔莎和波维太太却惊讶地发现隔壁报摊支着的那架梯子竟然移到了自家门口，就靠在前门门楣上。埃尔莎急匆匆地跑到门口，只见昨天还是褪色剥落的招牌现在已焕然一新，"波维古董店"几个字被粉饰得淡雅而精神，下面还缀了一行小字"买卖旧书"。

　　"真是个好人。"波维太太说道，"他去哪儿了，回来我可得好好谢谢他。"

　　"随便用别人的梯子和颜料，也不知道打招呼了没。"埃尔莎满腹狐疑，赶紧把东西挪回隔壁报摊。幸亏动作迅速，埃尔莎刚折回自家门口，就看见她们的印度邻居辛格先生走了出来。他一下子就发现自己的自行车不见了。

　　辛格先生从不发火，脾气好得很，但这会儿他却狠命地踹着店里的垃圾箱。一个纸箱晃晃荡荡掉出来，被他一脚踩了个稀烂。埃尔莎想,辛格先生对这辆自行车颇有感情,现在车不见了,光气急败坏地发火呢,还没注意到梯子和颜料也被人动过手脚了。

"我一直在想博克夏尔先生说的故事。"波维太太全神贯注地盯着舀起的一勺麦片,"其实他根本没说过我们店里的那座钟就是故事里的那座,你说呢?"

"他没说吗?"

"没有,而且那位老先生好像也没把故事当真。"

"他没当真吗? 如此说来,此故事无人信之,真可谓弥天大谎也!"埃尔莎摇头晃脑地说。

"天哪,埃尔莎,你这装腔作势说话的样子跟谁学的……我的意思是这座钟修好后还是能用的,这可一点儿不假……而且说到这点,价钱也还算公道。"想到这笔为数不少的收入,她脸上泛起红光,"这下有钱付电费了。"她说这话的神情就像好梦终圆,又似乎付清电费是她一生最大的抱负。

"嗯……妈妈。"

"知道,宝贝,我知道,还没给你零花钱呢。"

"不是妈妈,我不是说这个……我是想说,钱在哪儿? 那位老先生可是付的现金呀,不是吗?"

波维太太的脸色一点点变白,双手连忙朝围裙兜里探去,接着心急如焚地将目光投向壁炉台,紧跟着把饼干桶、手提包翻了个遍,所有可能藏起一百镑的地方都找了个遍。她伸出手臂,模拟起当时收钱的样子,恍然大悟地说道:"我想起来了,老先生当时点好了钱,直接交到了博克夏尔先生的手里……"

"别着急,妈妈。"埃尔莎猛一起身,椅子和地板摩擦发出刺耳的声音,"你打电话报警,我这就去街上问问有没有人看到他去哪儿了!"她俩慌慌张张地行动起来,在楼梯上挤作一团,又在门口撞了个满怀。波维太太碰倒了电话,埃尔莎又被爬藤盆栽拦住了去路。当她手忙脚乱脱将出来,冲过去打开店门时,便几乎可以肯定是谁偷了辛格先生的自行车,又是哪位"好心人"替她妈妈"保管"了那百元巨资。但现在该怎么办呢?上哪儿去找?要是MCC.博克夏尔趁着母女俩熟睡时溜走,现在早就跨区越郡,无影无踪了。

埃尔莎一出店门便一头撞在辛格先生身上。他正站在马路的道牙子上,抬手朝远处指着。顺势看去,只见MCC.博克夏尔骑着辛格先生那辆绿色自行车,从路的尽头一点点靠近。他头戴一顶白色坠边盔帽,就是男人们在东方狩猎时常戴的那种。车把上摊着一本书,他居然边骑边看。车后座两侧的驮包被书塞得满满当当,大有随时倾倒而出之势。他腋下夹了个大大的木头盒子,漆面光亮,在阳光下熠熠生辉。他实在是太聚精会神了,猛一抬头才发现已骑过了店门,只好单脚点地,撑着自行车一点点后退。

"未经同意就骑走您的自行车真是万分抱歉,先生。"他说着将腋下的木头盒子一把塞进辛格先生伸出来表示抗议的双手里,又把车把上的书递给埃尔莎,然后下了车。他说话时把字咬得特别清楚,就好像外国人说英语似的:"我必须第一时间赶到铁路边,否则就要错过第一箱旧货开箱啦。"

"博克夏尔先生,卖钟的钱呢?"埃尔莎问道。

MCC 小心翼翼地把自行车靠在灯柱上,锁好密码挂锁。他搬出驮包里的书,那架势就像保安押运金条,一本本递到埃尔莎和辛格先生手里。书实在很沉,压得两人膝盖都弯了。接着,他搂住两人肩膀,身高明显比他俩高出一截,像要策划什么阴谋诡计似的将他们拥入波维古董店。"你们瞧,就是广告上说的后备厢市场①和跳蚤市场,要是一开市就去,真能淘到不少价廉物美的好东西呢。瞧这个盒子,先生。对,就是它!正宗维多利亚时期的文具盒,紫檀木镶樱桃木,货真价实,可不是那些三层板!纯手工镶嵌,工艺精湛,可就是缺把钥匙。"

辛格先生手上的东西多数已被波维太太抱走,现在只捧着那个盒子。他试着打开盒盖,却言之凿凿:"锁得可牢呢,根本打不开!"

"是打不开的,里面藏着秘密呢!除非盒子被毁,秘密才能大白于天下!"MCC 大声说道,一把从辛格先生手里抢过盒子。

"我看这根本就是个废物!"辛格先生有些激动,但语气十分肯定,又一把夺回盒子,使劲地晃荡,"你倒说说看,一个打不开的盒

---

① 译者注:英国的一种特色集市。每逢周末,想卖旧货的家庭便开车到指定区域内,打开后备厢等候顾客挑选,旧货就放在汽车后备厢内,因此得名。

子有啥用？"

"看来您是位实用主义者，先生！"MCC说着又抢回了盒子，"您自己说的，有用的东西才有价值。您肯定是位实用主义者！"

"博克夏尔先生！辛格先生！两位请别吵了！"波维太太打着圆场，"来杯咖啡怎么样？再用点早餐！"

"不了，我还得回去照看报摊，波维太太。不过要是我，绝不会相信这么个爱吹牛的人。看看他，戴那么顶傻里傻气的帽子，还偷骑别人的自行车，再瞧瞧这身晒得发亮的古铜色皮肤。我问你，像我们这种整日忙忙碌碌讨生活的人，哪有工夫去晒出这么一身好肤色？"

MCC的脸上掠过一丝悲伤的神情，帽檐下的双眼看起来比恒河水更加深邃。"这么看来，我不得不为自己的英印血统道歉了！"他说。

辛格先生窘得手足无措，拼命摩挲着自己的灯芯绒外套袖子以作掩饰："啊，亲爱的年轻人！你想想，我在报摊常常因为肤色而遭人侮辱，我又怎会嘲笑一个和我流着一半相同血液的同胞呢？看看你的眼睛，嗯，没错……我很荣幸……你能借用我的自行车，真的，荣幸之至。让我仔细看看，嗯，真是个精致的盒子，看这做工！我看也只有波维太太家这样声名显赫的古董店才配卖这么上乘的东西。"

"嗯，的确如此，这个盒子背后的故事才叫精彩呢！"MCC顺水推舟地说道。埃尔莎一把拉住他的手将他拖到一边,差点儿迈进一个大大的镶镜衣柜里。

"拜托了,博克夏尔先生。"她低声耳语,说话的语气好像整个家族生意的重担都落在自己肩上,"拜托别再对辛格先生扯谎了。他可是个老实人,不过发起火来可要命,再说了,他就住在隔壁。"

"什么叫扯谎啊?"MCC无比诧异,"我扯什么谎了?"当埃尔莎抬头注视着那双睫毛长长、瞪得大大的乌黑的双眼时,竟觉得它们的确像是……"真是奇了怪了,你妈妈昨天也误会我撒谎骗人。"他提高嗓门儿,继续说道,"那我现在就给你们讲讲这个木头文具盒背后的故事,就是关于一个撒谎精的。"

他挪开埃尔莎顶在他胸口的双手,脱身而出。埃尔莎呆呆地站在那里,全身一阵触电的感觉。辛格先生早已经在一把二手吧台椅上坐定,凝神听起MCC的故事。

★ ★ ★

最最亲爱的妈妈:

希望你一切安好,希望爸爸也一切顺利。这儿的天气真糟糕,我们好几天都没法儿去公园玩了。上个礼拜老师说我们一定要原谅那些心怀恶意利用我们的人,但是这真难做到。贝琳达偷我箱子里的东西,莎拉把老鼠放在我床上,斯塔布斯小姐还袒护她俩,真的！我想有些家长肯定偷偷给斯塔布斯小姐塞了钱,让她多关照自己的孩子。我真想到印度去和你们待在一起啊。我好想看看印度现在变成什么样子了。

我想你,最最亲爱的妈妈,也想亲爱的爸爸。

格蕾丝·布雷威尔·汤姆逊咬着笔杆儿,望着窗外被雨水打湿而亮晶晶的路面发呆,手指敲打着漂亮的文具盒。她知道妈妈多么盼望她来信,所以规定她必须每周写一封。但是每周都写,哪有那么多事情可写呢?可是对爸妈来说就不同了。印度的生活有趣多了,那儿有苦行僧和热闹缤纷的巴扎①。相比之下,肯辛顿真是太无聊了。听说在印度,一位英国的千金小姐可是有专属的当地仆人好生伺候着。

"他们该接我过去!"她边想边看着墨水涨满笔尖,鼓起一个大泡泡,犹如一颗蓝色的泪珠,"就是该把我接过去! 他们倒好,在那边跳舞、打马球,好不惬意,却把我一个人丢在这鬼地方学什么莫名其妙的法语。不公平! 太不公平了!"

她怨气冲冲地咬着笔杆儿,突然心生一计,墨水犹如吸管里流过的牛奶,洋洋洒洒填满了粉红色信纸。

总管太太老是说些怪话,妈妈,她把看门人彼德叫作"酒鬼"。

---

①译者注:中东、埃及和印度及周边地区一种特有的露天集市。

你能告诉我这个词是什么意思吗？我不太懂。你最亲爱的女儿吻你！

格蕾丝

又及：要是方便的话，请给你可怜的女儿寄点钱，莫嘉纳扭着我的胳膊，扯着我的头发，逼我把零用钱乖乖地交出来，我好担心周日没钱买零食了。

格蕾丝吸干纸上的墨水，写好信封，尖声大叫："莫嘉纳，你死哪儿去了？"

一个瘦弱的女孩怯生生地跑进来，诚惶诚恐地拼命道歉。

"快去把这封信寄了，莫嘉纳。"

"噢，好的，不过格蕾丝，外面雨下得好大！"小女孩轻声恳求着。

"快去！……是不是要我像昨天那样扯你的头发？噢，对了，别忘了先去邮局买邮票。"

"但是格蕾丝！你拿走了我所有的……我的意思是你借走了我所有的钱，你不记得了吗？"

格蕾丝一把抓住小女孩的白色罩衫，掀起褶边擦起蘸满墨水的笔尖，清理完毕后把笔放进文具盒，又用小银锁锁好。"这么看来，你只有问别人去借些钱了，亲爱的！"她轻蔑地说着。莫嘉纳哭着跑出房间，格蕾丝喃喃自语道："真是个傻帽儿。"接着，她吃起了从贝琳达箱子里偷来的蛋糕。

  然而格蕾丝的信并未收到预期的效果,这让她大伤脑筋。她妈妈虽然对宝贝女儿身陷虎狼之地深感惊恐,但回信中却对接女儿去印度的事只字未提,而是安排格蕾丝和骑士桥大街的一位老姑妈同住,还在《泰晤士报》上登了广告,招聘一位家庭女教师。

  如此安排可比待在肯辛顿女子预备学校糟多了。这么一来格蕾丝没人可欺负了,也找不到冤大头替她付账了,更别想恐吓别人帮她写作业了。她的家庭女教师斯塔琪小姐相貌平平,长着一张圆脸,待人和善。她的抽屉里总放着一盒太妃糖,只要格蕾丝乖乖的,就会有块糖吃。格蕾丝倒是常常有糖吃,不过她其实是阳奉阴违,骗到糖后依然我行我素。乖乖听话可不是格蕾丝的作风。

  斯塔琪小姐每逢周四总会去弹奏管风琴。每到晚上,她总喜欢在酒精灯下写些小诗。格蕾丝老是恭维斯塔琪小姐的诗歌写得如何如何美妙,吵着要看她的诗,还要抄录下来……但斯塔琪小姐并不知道格蕾丝的真正目的其实是要为每周写信积累素材。

最最亲爱的妈妈:

  我想你肯定愿意看看我这周写的几行小诗。它们是灵光乍现跃入我脑子里的,希望你喜欢。真遗憾我不在你身边,否则你还能听到我吟唱它们时的调调呢。

格蕾丝的妈妈把这些小诗奉为珍宝，小心收藏，还特意用皮面书套装订成册，封皮上写着：格蕾丝的诗集。

　　斯塔琪小姐参加完周四的演奏后，有时候会有一个特别英俊的小伙子送她回家。格蕾丝从卧室窗户望下去，看到两人在路灯下依偎在一起，一个如何去印度的鬼点子顿时浮上心头。

最最亲爱的爸爸妈妈：

　　我万般无奈，但不得不遗憾地告诉你们，斯塔琪小姐可不像看上去那样为人师表。昨晚我刚看到她和电报投递员接吻，今早她又和面包师傅拉手。格拉迪斯姑妈说她和一个朋友"关系暧昧"，但我不知道那是什么意思。人们还说她为剧院写粗俗的曲子，每首开价六个便士，但我不大相信这会是真的，因为她还常常向我借钱。求求你们带我去印度吧，我不喜欢和斯塔琪小姐还有格拉迪斯姑妈待在一块儿，特别是姑妈喝醉的时候。

　　这下格蕾丝阴谋得逞。没到月底她就收到了从印度寄来的去孟买的船票钱。斯塔琪小姐被莫名其妙地辞退了，当然也得不到雇主的介绍信。年轻的男友也和她一刀两断。格拉迪斯姑妈一头雾水，连连去信印度想问个究竟，然而石沉大海，杳无音信，圣诞时竟然连张贺卡也没收到，反而收到一份酗酒伤身的宣传册子，让终生滴酒不沾的姑妈大为震惊。

印度那地方天上阳光毒辣，地上热浪滚滚，空中虫子群舞，蚊蝇如雨点般朝格蕾丝打去，强烈的阳光刺得她眼睛生疼。夜幕降临，黑暗在与热浪的搏斗中败下阵来，耗尽最后一丝气力，轰然倒地，其下笼罩的生灵被压得了无生气，唯有树底的灌木传来快乐的夜曲，原来是群聚其间的东方昆虫在欢乐地鸣唱。和传说中的一样，果然有众多仆人听候格蕾丝差遣。但是她一见到自己的专职女仆，就打心眼儿里不喜欢。

　　女仆名叫瑞莎，有一头又亮又浓密的漂亮长发，这当然会遭人嫉恨。更要命的是她的模样又极其可爱，简直就和格蕾丝最喜欢的故事书中的公主一模一样。从此，格蕾丝对那本书也开始深恶痛绝起来。

　　和斯塔琪小姐一样，瑞莎也有男朋友，不过这次格蕾丝倒不嫉妒，因为这位女仆的未婚夫是个被烈日灼烤得干瘪瘦弱的小个子，老是像个鬼鬼祟祟的小偷儿在房前晃悠。有时，他会用水汪汪的棕色眼睛窥视主人。事实上，只要格蕾丝环顾四周，总会和他的目光不期而遇。他名叫伊姆莱特，老是骑一辆绿色自行车，没有铃，刹车不停地擦在轮缘上，发出"沙，沙，沙"的奇怪响声。一听到这声音，格蕾丝的背脊就冒出一股凉气，害得她一阵哆嗦。

　　"我在英格兰的时候，有六个男仆和三个专属女佣，出门时还有一辆专用马车呢。"她趾高气扬地告诉瑞莎，好让她认清楚主仆有别，尊卑有分。

"我在英格兰的时候也有你说的这些。"瑞莎回答。

"嗯？你什么时候在英格兰待过？"格蕾丝大声嚷嚷。

"我从没去过英格兰，大小姐。"瑞莎说完后便蹑手蹑脚地溜出房间。

接下来的日子里，格蕾丝几乎天天差遣瑞莎去巴扎买布料。当瑞莎长途跋涉买回来几匹，格蕾丝便开始鸡蛋里挑骨头。"这根本不是我要的那种。""告诉你要红色的，不是蓝色的，你个傻姑娘，快去退掉，把钱要回来！现在就去！立刻去！"每到此时，瑞莎便温顺地走了，但格蕾丝总能听到那辆绿色自行车"沙，沙，沙"的声音，她知道那是伊姆莱特载着瑞莎去镇上了，这一来可坏了格蕾丝的"好事"。

"我总有一天要带上你去狩猎，把你当作诱饵。"格蕾丝想吓唬吓唬这个女孩。

"恐怕这个季节已经没有什么好猎物了，大小姐。"瑞莎鞠了一躬，说道，"老鼠倒遍布四周，它们去哪儿都有办法填饱肚子。"让她这么一说，接下去的一周里，格蕾丝天天梦到一群群棕色大老鼠，惊醒后就不由自主地想到漆黑一片的屋外，老鼠正啃啮着四周的平房，磨牙发出的尖厉嚣声此起彼伏。

一定要把瑞莎赶走，格蕾丝很快打定了主意。但是她并不急于求成，而是耐心等待着机会。真是天赐良机啊。那天晚上恰逢使馆举办招待舞会，舞会结束回家后，格蕾丝看到妈妈取下几件首饰，随手一搁,并未放回爸爸的保险柜里。

格蕾丝环顾四周,又扫视了一遍,便将首饰快速放进罩衫口袋。她已经想好了,暂时把"战利品"放在她那漂亮的文具盒里,以往她在学校里偷了东西也是藏在那里的,等没人看见再溜进仆人房,把东西藏到瑞莎的铺盖里。

那天的夜晚可不平静,格蕾丝躺在蚊帐里汗如雨下,热带夜晚特有的虫鸣伴着自己心脏的悸动,弄得她不得不用手指塞住耳朵。她终于入睡了,双手自然垂落,而睡眠似乎很浅。就在黎明前最黑暗的那段时间,突然传来一阵"沙,沙,沙"的声音,格蕾丝惊醒过来。皓月当空,白色的蚊帐上爬满了昆虫,月光将虫翼映成飘忽的剪影。格蕾丝赶忙拉起被子盖住头,咆哮着发泄自己的怨恨,父母竟然把自己弄到这么个潮湿闷热的国度来。

第二天早饭时,她静候妈妈发现珠宝失窃后的暴风骤雨的来临,但妈妈居然只字未提。太奇怪了,她怎么会那么粗心呢?难道没发现珠宝不见了吗?格蕾丝胡乱吃了几口,匆匆忙忙跑到妈妈的卧室。珠宝竟然原封不动地躺在妈妈昨天放置的地方!

是自己疯了吗?!难道是在梦中策划了这出"好戏",但根本没有付诸行动?她跑向文具盒,里面空空如也。文具盒一脸无辜地看着她,又好像羞愧难当。

"您没丢什么东西吧,大小姐?"瑞莎静悄悄地进入房间,突然问道。

"没有,你给我出去!滚出去!"我们这位年轻的英国淑女大声尖叫,暴怒地跺着双脚。

又一天,爸爸妈妈离家公干,格蕾丝一个人留在空旷寂静的房子里。空气中弥漫着甜腻的花香和仆人煮食咖喱的气味,混杂的味道在阳光的照射下更是蒸腾得久久不能散去。她百无聊赖,又没人可以说话,只好在这座大房子里四处瞎逛,心中满是怨恨,眼里尽显厌恶。那些困笼小鸟、象牙雕像和被太阳晒得褪了色的大幅挂毯都成了她怒目而视的对象。

现在的格蕾丝是多么怀念英格兰那阴郁的天空啊。她渴望在雨中散步,街上的煤气灯点亮一片朦胧,马车川流不息,还有报纸油墨散发出的潮湿而芬芳的气味。而在这里,在印度,她就像沉船孤客一般被抛在无边无际的海面上随波逐流,头顶上不是海鸥歌唱,而是秃鹫哀号;身边不是鱼群漫游,而是蜥蜴密布;即便是最危险的鲨鱼也不见了踪影,取而代之的是瘦黑鬼魅的身影,套着白色罩衫,踏着绿色自行车东游西荡,还有那擦在轮缘上的刹车声……

"快过来,瑞莎!"她的声音异常尖厉,惹得过道里的那只金刚鹦鹉发出一阵更为刺耳的学舌。

瑞莎不知从哪儿冒了出来,一路小跑,脚步依然轻柔。她面带微笑,竭力取悦主人,一头长发从半路编成一股辫子,犹如深色的美酒倾泻而下。她深鞠一躬,姿态优雅,双手摊开于胸前,好似掬起一只柔美的蝴蝶:"您叫我吗,大小姐?"

"怎么那么久才来啊,瑞莎?去给我找把大剪刀来。"

没有听见翻箱倒柜的声音,剪刀就拿来了。

"现在你坐下,我要开始剪你的头发了。"

"哦,不,大小姐!"棕色的纤细小手惊慌地护住发辫,"为什么要剪我的头发呢?"

"因为我要用你的头发做一顶假发。如果你不肯让我剪,我就不要你了,另找一个女仆。爸爸妈妈不在的时候,我就是这个家的主人,明白吗?好了,快点坐好,我要剪了!"

瑞莎左顾右盼,像一只受惊的小鹿,嗅到了饿虎正步步逼近:"我现在就去镇上给您买假发,大小姐,好多漂亮的头发,比我的要漂亮得多。"

格蕾丝不耐烦地说道:"哦,亲爱的瑞莎,你知道吗,你太自以为是了,这样可不好!"说完便朝瑞莎扑过去。瑞莎呢,这个可怜的女仆,也许她可以到男女主人那里讨个公道,或者应该放弃这份工作而不是自己的头发,但她毕竟不敢当面和一位英国淑女抗争。再说了,欺负人这码事,格蕾丝可是轻车熟路。

这时的格蕾丝被肾上腺素冲昏了头脑,但当她真的把瑞莎的头发握在手中时,却突然清醒过来:真要这么干了,爸妈回来肯定饶不了她。他们总告诫她对仆人要以礼相待,而且他们似乎很喜欢瑞莎。有时候格蕾丝甚至觉得他们对瑞莎的感情比对自己的还要深些。这些想法浮现在脑海里,她的手还攥着那条黑色的发辫。也许是害怕吧，她的手抖得厉害，剪刀铰过头发，整条辫子从手中应声滑落。散开的黑发遮住了瑞莎的脸，可怜的姑娘挣脱出来，逃离了房间。

格蕾丝孤零零地站在原地，手中的一束断发像残存着奄奄一息的生气，让人不寒而栗。她慌慌张张地跑向文具盒，把断发胡乱塞进去，手中留下的红花油味道却是怎么也洗不掉了。

夜幕再次降临，蟋蟀和蟾蜍在房子周围聒噪，吵得人头疼，月光为房子蒙上一层水雾，蝙蝠拍着翅膀撞破月影，犹如阳光下升腾起一阵灰尘。萤火虫悄悄飞临，点燃一条条摧毁天地的引信，只待烧到尽头，便会引爆爸妈的怒火。格蕾丝躺在床上辗转反侧，处心积虑地盘算着如何编个谎话骗过他们。

"有了！我就说瑞莎偷了我的衣服，所以我剪了她的头发作为惩罚。他们会相信我的！他们肯定会相信我的！"格蕾丝终于能放松背脊，身体沉入床垫，黑暗不经意地朝她袭来……

她肯定是睡着了一会儿，因为在梦中分明听到了一阵"沙，沙，沙"的响动。她猛然惊醒，头皮一阵发麻。

也许该写封信给爸妈以防万一，否则瑞莎那巧舌如簧的小嘴要是先在爸妈面前告上一状可就不好办了。对，得写封信。说不定爸爸会直接回信辞退了这姑娘，这么一来瑞莎就无法为自己辩解了。

"受过良好的教育可真好。"格蕾丝得意地想着，"我都怀疑那傻丫头会不会写自己的名字,她想像我这样写信,简直是白日做梦!"她点上灯,黑暗顿时退去,铺开一片光明,让人感到安全。

她穿过房间,灯光照亮了金刚鹦鹉和一只猴子,别的什么都没有。屋外昆虫的悲鸣打在房子上,整个屋子都颤抖起来,定睛一看,只不过是灯光摇曳,映照得万物晃动。她边走边构思着如何写信。

亲爱的爸爸妈妈:

请快点写封信辞退瑞莎吧,她实在是个可怕的姑娘。今天早上我看到她穿着我的衣服……还用我做针线的小剪刀铰头发!我只不过说她几句,她竟然回答说:"你有什么资格管我,我和你可是平起平坐的。"她居然还要我帮她卷头发,好给自己做出我的发型。我想她只有在你们不在的时候才敢这样。哦,亲爱的妈妈啊,我真不知道该拿这个仆人怎么办了。对了,亲爱的爸爸啊,你知不知道她的未婚夫,就是那个叫作伊马特[①]的家伙其实对英国人很不友好,这种人真是太可怕了!求求你们了,快点回信告诉我应该怎么办。你们不在身边,我好孤单,又非常……

这时的格蕾丝简直文思泉涌,赶紧拽过一把凳子,将文具盒拉到桌边,忙不迭地打开盖子,抽出放钢笔的那层。就在她伸手拿纸

[①] 译者注:瑞莎的未婚夫名叫伊姆莱特,此处是格蕾丝拼写错误,错叫他为伊马特。

的当儿，突然有东西缠上手腕，软软的，凉凉的，吓了她一跳。接着她禁不住笑了出来："嘿，瞧我多傻啊，不就是瑞莎那绺断发吗！"她抽过信纸，甩了甩胳膊，好甩掉那绺头发。

然而那东西怎么也甩不掉，反而越缠越紧，一圈又一圈地朝着她的前臂箍上来，一个披着鳞甲的头不断顺着袖子往她睡衣深处探去……

直到毒蛇发起那致命一击，格蕾丝依然坚信就是那绺带着红花油味的发辫缠住了她。蛇毒顺着右臂静脉直抵心脏，脉搏即刻停止。她在这世界上听到的最后声音有鹦鹉的饶舌、猴子的嘶鸣和印度夜晚那无可名状的哀号，还有一辆自行车穿过草坪时刹车擦在轮缘上发出的"沙，沙，沙"声。

★ ★ ★

这时候，波维古董店门口的人行道上早已挤满了焦急等候的人，他们抻长脖子东张西望寻找着没了踪影的报摊老板，人人腋下夹着些挑好的报纸，手里握着一把硬币。辛格先生赶紧跑回去收钱，但是不一会儿又转了回来，拿着一个黑色的钱罐。

"波维太太，如果蒙您慷慨出让，我真心诚意地想买您那漂亮的木头文具盒。对了，刚才我看到的那本书……就是那本写英国殖民印度时的那本我也想买……"他说的就是刚才 MCC 摊在自行车车把上边骑边看的那本，看见辛格先生想买，MCC立刻转身去取。

"噢，辛格先生，我想我不能……"波维太太说道。

MCC拿来了文具盒和书，我们这位报摊老板立刻紧紧抱住了它们，就像当年印度深情拥抱独立一样甜蜜。

"可是这个文具盒没有钥匙啊！"波维太太不无遗憾地说道。

辛格先生却把它们更紧地拥入怀中。

"可今天是星期天，辛格先生，我不应该……"

埃尔莎穿过壁炉台走到辛格先生背后，将电费账单高高举过他的肩膀，好让她母亲把上面的红字看个清楚。

"好吧，如果您真喜欢，我想博克夏尔先生会告诉您要付多少钱。"

MCC从埃尔莎手里接过电费账单，毫不迟疑地读出上面的数字："四十三镑三十便士，含税。"

店门在辛格先生离去的背影里关上，埃尔莎马上问MCC："你怎么会知道辛格先生自行车挂锁的密码？"

"我猜的。"MCC都没转过身，径直走向衣帽架挂好他的盔帽。

"还真让你瞎猫撞到死耗子了。"

埃尔莎没有追问，毕竟，除了他说的，没有更好的解释了。

第四章

瓷盘：
价值的真谛

卖老钟赚来的一百镑已经分文不剩了。MCC.博克夏尔在后备厢市场和跳蚤市场里所购入的货物也在随后的几天里陆续送到了。那是一组书架和一个陈列在玻璃柜里的鱼标本。小小的店面被这些新进的大宗"垃圾"塞得满满当当，好似无法消化一般发出痛苦的呻吟。要不是把老爷钟卖掉腾出了些地方，根本找不到一堵墙给那排书架靠一靠。

波维太太对女儿说道："也许他开始做旧书买卖的生意是个不错的想法。"

一天，埃尔莎学校的一位老师来店里淘宝，倒是对架上的旧书情有独钟。他一本本地捋过一层小说，但手指渐渐慢了下来，因为他总觉得背后有双眼睛在监视着自己的一举一动。他回身一抬头，猛地瞅见MCC.博克夏尔直愣愣地立在那里，和自己咫尺之遥，愁眉不展。老师赶忙把手伸进兜里去摸钱包，只听MCC说道："这些书我还没看过呢。"接着,他便不由分说地从老师手里抢过书来:"您瞧,我总是把小说留到最后再看。"

"啊!十分明智!"老师大喊一声,转身逃离店铺,临了还向埃尔莎和波维太太投去同情的一瞥,其中还夹杂着几分迷惑。(转天学校里便传开了,说埃尔莎有个精神错乱的古怪兄弟,怪不得她家店铺的经营总是举步维艰。)

"你就是这么卖东西的?"埃尔莎待老师一走便讥讽地说道。MCC 无言以对,低头看着怀中的一堆书,又用手指敲着书脊,一脸羞愧。看到他这副模样,埃尔莎倒真希望自己刚才没有开口。她也搞不懂自己怎么会说出那么无礼的话来。"没关系啦。"她说道,"这些书卖不卖也无所谓,值不了几个钱。妈妈卖旧书一直只收几个便士。"

"有些旧书值好几百镑呢!"MCC 又神气活现起来。

"我们可没有那样的书。"

"那就要看你如何看待价值了。"他边说边欣赏着自己刚购进的书架和上面残破不堪的平装本,深邃的双眼在灯光下闪着光,就像闪闪发亮的黄金,"钱不是万能的。"

屋外的天空阴沉起来,雨点开始洒落,过往的汽车都打开了大灯。突然一声巨响,头顶上炸开一个滚雷。就在这时,一对情侣双手紧扣着冲进店门,他俩有说有笑,帮对方拍落身上的雨点,一刻都不舍得分开,犹如一对连体婴儿。很明显,这两位就是找个最近的商店避雨，根本无心购物。

"啊，这个真漂亮……喔，瞧那个漂亮的小花瓶……只可惜……"女孩时不时地说道，但她的男友只是一味地盯着窗外的天空看雨何时能停。女孩又拿起摊在长椅上的一本中国民间故事集，翻看了几页，一抬头却发现一个躲在店铺深处的年轻人正注视着自己。

MCC双手交叠于胸前，深深地鞠了一躬，轻盈地转到长椅边，从女孩手中拿过那本书，装模作样地看了看书名："啊！看来您对古老的中国颇感兴趣啊！"

女孩警惕地朝后退了一步。

"如果是这样的话，请允许我向您介绍这只美丽的瓷盘。"他说。

"噢，快看呀，布莱恩！好漂亮的盘子！"女孩叫出声来，但语气中还夹杂着些许疑惑。MCC却趁机把那本书偷偷塞进口袋。

布莱恩走近，仔细瞧着那只青花瓷盘："嗯，不错。柳叶纹的。你奶奶不是有一整套这样的瓷器吗？这件是孤品吗？"

这的确是一件孤品。尽管对这种瓷器有所了解，但埃尔莎记不起来店里有这么个盘子。不管怎么说吧，柳叶纹是中国青花瓷常见的一种纹饰。

"它是老货吗？"女孩嘴里问着，眼睛四处瞟着寻找价格。

"它背后的故事可是年代久远啦。"MCC便又开始讲了。

★ ★ ★

　　那是很早以前了，大约在中国清朝乾隆年间，有个瓷器商人名叫何霸。此人卑鄙粗俗又贪得无厌，心眼儿简直坏透了。他有个学徒名叫华方，烧得一手好瓷，几近完美的手艺招来了四面八方的顾客。何霸的钱因此越赚越多，但他从不肯给华方一个小子儿。华方起早贪黑地干着所有的脏活儿累活儿，何霸却对他恶语相向，拳脚相加，还把他烧出的瓷器贬得一文不值。

　　华方哪里知道啊！他烧制的花瓶、瓷盘、茶壶和碟子精美至极，连宫里都会来购买！远在异国他乡的顾客，花重金漂洋过海，只为求得一件华方亲手烧制的瓷器。其中有一种纹饰卖得特别好。

　　"何霸，来几个柳叶纹的瓷盘！要是有青花瓷的，我们另外加钱！"

　　每到这时，何霸就会扭头对着潮湿闷热的窑口大喊："柳叶纹的，华方！快多烧点柳叶纹的来，你个懒鬼！"

　　华方对此毫不介意。柳叶纹是一种极其美丽的纹饰，画面诉说着同样美丽的爱情故事，那里面有一座花园，花园里有一对相爱的男女。每当华方蘸上青花料开始作画，他总是全神贯注，身心也舒畅起来。他用工笔勾勒出花园的廊桥与亭台，小心翼翼地为菊花添上栩栩如生的花瓣。画面上的人物也活灵活现，衣裙都好像在和煦的微风中摇曳。

有时候,老板的女儿何柳来到店里跟他聊天儿,谈谈他的作品,再看看摆在架子上晾干的瓷器。这真是他俩共度的好时光啊!她最喜欢听华方讲柳叶纹的那个故事,简直百听不厌,到后来竟能将细枝末节娓娓道来。

"那么这是谁?"她假装问道(尽管已了然于胸)。

"这是残忍的父亲。"华方说道,"一个富有的商人,不肯将他可爱的女儿嫁给花匠。"

"这就是那可爱的女儿吧?"何柳又装作不懂(其实她早已知道),"这肯定是那个穷花匠啦!这对苦命鸳鸯后来怎样了?"

"他俩深深爱着对方,最后决定一起逃出囚困他们的宅院,开始新的生活。两人躲在花园里,整晚都躲着,那柔弱的女孩鼓足勇气藏在一个漆黑阴冷、结满蛛网的小棚里,全因有爱人相伴。但残忍的父亲还是发现了两人的秘密,拂晓便开始在花园里四处搜查。逃出花园的路只有一条,但必须穿过架在湖上的一座窄桥。当他们离开藏身之所来到湖边,却撞见残忍的父亲,他早已站在桥上守株待兔,举起的鞭子毫无疑问要置花匠于死地。"

每到这时,何柳便会打断他的故事,大声惊呼:"但是神仙将两人变成一对青鸟,让他们比翼齐飞,直到永远!"

"你已经知道这个故事的结局啦?"华方问道。柳儿便犯错似的捂住嘴,涨红了脸,一路小跑离开店面,只留下一阵脚步声。

各位都不难看出吧,柳儿是爱着瓷工华方的;而华方呢,也爱柳儿。但他俩也心知肚明,想要结成姻缘简直就如水中月、镜中花,根本是可望而不可即的。

一天,何霸对女儿说道:"你可得谢谢我啊,柳儿。好好准备一下,脸蛋儿抹抹白,嘴唇涂涂红,头上再插上花,准备出嫁吧,我给你找了个好人家。"

何柳给父亲鞠了一躬:"如果父亲您给我找的夫婿是华方的话,那女儿真得好好谢谢您了,您那个徒弟可真是个好小伙儿。"

"谁?"何霸咆哮起来,"你怎么会觉得我肯把你嫁给个一文不值的小子呢?做梦吧!你要嫁给朱肥,就是那个富商,他的财富就像他肚子上的肥肉一样多;他做生意那股精明劲儿就像他的坏脾气一样大;说到他的声誉嘛,那简直就像他的年龄一样有些年头儿啦。他肯定能帮着我卖瓷器,我们一联手,哼,等着瞧吧,钱赚得比皇帝还多。明天就和他成亲,别再跟我提什么华方啦。"

柳儿沉默不语了。她知道女儿的话比飘落的枯叶还要低微,但是哀伤已经开始啃噬她的心扉。

那些日子里,何霸其实已经很少去瓷器店了,所有的活儿都叫华方做了,况且他的烧瓷手艺越发精湛,自己根本望尘莫及。今天他却径直来到店里,在架子前面走来走去,假装检验着烧好的瓶盘碗碟。

"说实话,华方,你觉得我女儿怎么样?"他装出随意问问的样子,但注意到学徒那正在画柳叶的手颤抖了一下。

"她的美丽是无与伦比的,师傅。她是上天的垂青,再精美的花瓶也比不上她的优雅,再华美的诗歌和乐曲也敌不过她的气质。"

"如果我告诉你,我同意把她许配给你,你觉得怎样?"

华方激动得从凳子上跃起,画笔应声落地:"那您就是世界上最好的好人,而我就是世界上最幸福的人了!"

何霸突然一阵狂笑,直笑得眼泪都顺着他肥厚的面颊流了下来:"就你这么个烂泥扶不上墙的癞蛤蟆也想吃天鹅肉了。臭小子,你给我好好听着,我女儿明天就要和朱肥成亲了,你竟然敢打她的主意,我要是早知道,早就把你赶走了!哈哈哈,你还有什么话要说?"

华方沉默不语了。他知道学徒的话可比地上的蝼蚁还要轻贱,但是悲恸已经开始撕裂他的灵魂。

"不过嘛,送份礼物给这对幸福的新人表表你的心意,我还是同意的。"何霸说完便趾高气扬地走了。

华方走到窗口,向外望着环抱着何霸豪宅的那座华美花园。香橙花含苞带雨,柳树在湖边轻弯腰肢。湖面波光粼粼,在芦苇的掩映下犹如泪珠从一双伤心的眸子中涌出,一颗颗沾在长长的睫毛上。华方凝视着横跨湖面的小桥,看了很久很久。突然,他拿过一个上好的瓷盘坯子画了起来,用的还是那青花料,但却是他最后一次画出那再熟悉不过的柳叶纹。

极品！一件超过他以往任何瓷器的真正的极品终于完成了。

当他将上好釉的瓷盘放在窑中烧制时，上面的人物和花朵愈来愈鲜艳夺目，最后竟然鲜活得似乎正在穿过湖上的小桥和那些亭台楼阁。自己和柳儿不正是故事中那对苦命鸳鸯的真实写照吗？现在，他也一样无力回天了。

柳儿成亲的那天早上，华方上市场买来些杨梅堆在瓷盘上，再撒上白糖，接着就提着这贺礼亲自给何霸送上门去。

华方向看门仆役深鞠一躬，说道："请将这微不足道的礼物当面献给新娘新郎，告诉他们这是身份卑微的学徒华方向新人聊表贺仪。"

已经拜过天地。朱肥面目可憎，直喘粗气，柳儿就坐在边上，简直就是美女伴着野兽。流苏宝钗与珠花发簪令她摇曳生姿，但我们的新娘却只低头看着膝盖。她父亲坐在主位，一会儿敬敬自己，一会儿敬敬祖先，黄酒一杯接着一杯，肆无忌惮的粗笑一阵接着一阵。

仆役端着盛满杨梅的瓷盘走到新人面前。"卑微学徒华方，敬贺佳偶喜结良缘。"柳儿心头一惊，她父亲则一阵狂笑，力气大得足以扯满一张风帆。新郎伸出他的肥手，胡乱抓了一把杨梅，拼命往早已塞满食物的大嘴中不停地塞。

柳儿双眼紧盯瓷盘的蓝边，根本没在意杨梅。她爱华方，当然也爱他那美丽的工艺品。她的夫婿正贪得无厌地将杨梅扒拉进嘴里，看着盘底渐渐露出的画面，柳儿悲伤至极。

没人注意到她的肩膀僵直起来,也没人看到她的双眸大大地睁开,更没人留心到桌布的一角已被她捻得皱成一团。她拿起一颗杨梅,又拿起一颗。

果然没有看错。在那蓝白掩映的花园中,她正抬头凝视。那个站在桥上和穷花匠十指紧扣的不正是自己吗?

又拿走了一颗。

女孩的父亲出现了。身材相貌简直和何霸丝毫不差。他站在桥上,满脸阴沉,披头散发,手执长鞭,铁拳紧握,丑陋的嘴巴扭曲着冒出恶毒的诅咒。

再拿走一颗。

噢!和她手拉手站在桥上的不正是华方吗?学徒穿着花匠的衣服,但那又怎能瞒过爱人的眼睛,没错,就是华方,一幅传神的自画像。

这瓷盘分明就是一则消息、一封信、一个请求、一份约定。"跟我走吧,柳儿,我爱你,就像柳叶纹故事中那个花匠爱着富商的女儿。"

柳儿朱唇轻启,喃喃自语的声音低得只有祖先能够听到,但却十分坚定:"好的,好的,华方,我跟你走。"

"给我拿点杨梅,女儿,你怎么一点儿都想不到你爹?"

柳儿的心犹如小鹿撞怀怦怦乱跳。盘面上的人物已悉数登场。华方的计划柳儿心知肚明。这么做真是孤注一掷,以命相搏了。

"女儿！把盘子给我拿来！"

她无法违抗父亲的命令，把盘子递了过去，何霸将剩下的杨梅一把抓了过去。蓝白相间的柳叶纹和那座花园上只留下一层晶莹的白糖。

何霸拿起盘子左看右看："这小子还真烧出了最好的瓷器，做我女儿的结婚礼物。"

他也看到了站在桥头的男人那张残酷而暴怒的脸，却没认出那人就是自己。何霸一向虚荣至极，总是得意地认为自己相貌堂堂。他也没认出桥上的女孩就是自己的女儿，他可从没有真心诚意地关心过柳儿。华方的样子更不用说了，何霸绝对认不出，他压根儿就没把华方当人看，顶多就是件给他赚钱的工具。他转过头对女儿说："再装些杨梅来，盘子空了。"

他把盘子塞给了柳儿。华方烧制的无价之宝又回到她的手里。柳儿正愁找不到借口离开呢，他却正好差她做事。她将盘子紧紧抱在胸前，紧赶慢赶地穿过走廊，来到了花园。

太阳正在空中展开笑颜。她穿过一片菊花园，转过一座凉亭，沿着湖岸来到一座小桥边。在桥边的柳丛中她看见了华方，他正焦急地搓弄着自己的发辫。

"你来啦。"他说道。

"我来了。"她回答。

"你为我放弃了一切。"他说道。

"我什么也没有放弃。"她答道,"瞧,你送的礼物在我手上呢,它就是我最珍贵的东西了。我要永远带着它。"

两人快速穿过拱桥,手拉手奔向自由的天空。

他们到了港口,看到一艘商船正要起锚。

"请带上我们去遥远的地方吧。"华方恳求船长。

船长是个皮肤黝黑的粗壮汉子,胡子拉碴,看起来不免有些面目可憎。他用一对大眼珠子打量着衣着破烂的华方和新娘装扮的何柳,轻慢地看看两人的行李,说道:"你们准备拿什么付旅费呢?"

"我可以在船上干活儿,加上对您的衷心感谢。"华方说道。

"噢,是的,无尽的感激。"柳儿也附和道。

但是船长的心就像铁锚一样坚硬、冷酷,根本没有商量的余地。"我打赌有位父亲会愿意给我出个好价钱换回他的女儿。"他捻着八字胡说道,"对了,还有位新郎也舍得花重金来要回他的新娘吧。"

"噢,不,不!"柳儿大惊失色,双手蒙脸。

"不要,请别这样!"华方大声恳求,将柳儿护在自己怀中。大海顿时沉默不语,海浪低声沉吟,主桅的风帆兀自飘扬。

船长突然瞥见柳儿怀抱的瓷盘,霎时眼前一亮,双手不由自主地去抢:"你们没钱付旅费是吧?这个柳叶纹瓷盘是何霸作坊的吧?我从没见过这么上等的瓷器,行啦,就用它抵旅费吧!"

话音刚落,他便一把抢过瓷盘,岂料一失手,精巧的瓷盘从船舷和码头的空隙掉落海面，犹如一朵纯洁的百合在水面上飘零。

华方一头扎进水中，拼命抓住瓷盘，高高举过头顶。船长奔到船舷边，赶紧俯下身接住这宝贝，简直比救起一个落水的生命还要卖力。

"等等！"华方挣扎着朝船边游去，"这个瓷盘不是我的！"

船长转过身，沉下脸来："怎么回事？是不是偷来的？"

"当然不是！它是属于这位小姐的，只有她能决定瓷盘的去留！"

何柳长久地注视着船长手中的瓷盘，瓷盘不断地滴下水来，每颗水珠都像敲在自己心头。最后，她终于开口了："一件瓷器怎比得上两颗真心？一只盘子怎敌得过我与爱人长相厮守？一件手工制品又怎换得回制作它的那双巧手？"

商船推开泛着白沫的波涛，朝远方进发。华方和柳儿在船上相依相偎，喜悦洒满两颗坚毅的心，犹如比翼齐飞的青鸟在船顶久久盘旋。

就在这时，船长将自己锁在甲板下的船舱里，贪婪地把玩着这件由黏土烧成、由青花上彩的玩意儿。他觉得这件小东西着实为自己的船货增色不少。但也有人相信，他的船上载着更加珍贵的东西。

★ ★ ★

"噢,布莱恩!"女孩叫道。

"噢,特里西!"男孩答道。

"买给我吧,布莱恩!"

"别傻了,肯定要好几百镑呢。"

"那倒不一定。"MCC 说道,他的目光如大海一般深邃而幽远,"价值这东西,不一定要通过价格才能体现。"

布莱恩翻着牛仔裤的口袋,将所有硬币都掏了出来。埃尔莎见状立即拿起瓷盘包装起来,她怕盘底会有个什么"英格兰制造"之类的标记,好趁机刮掉,谁知根本没有。盘底只有一串长长的中国字,就像在风中摇曳的灯笼。

"那本书哪儿去了,真的很有趣吗?"女孩一脸迷惑地问道,目光朝长椅那儿扫去。

"什么书啊?"MCC 打起马虎眼,将手牢牢地按在他绿色灯芯绒外套的口袋上。

第 五 章

餐桌：

饕餮之宴

每月的第一个星期六,大桥街的拍卖行里总有打折拍卖。埃尔莎和妈妈有很长一段时间没去了,店里的生意惨淡,自然也无需进货。但自从 MCC 来了之后,情况有所改观,一个月下来,原本堆满旧家具的店铺倒是宽敞了许多,就像板球比赛散场后的看台,空落起来。尽管生意好了不少,可收银柜依然"清可见底",原来 MCC 一旦成交一笔生意,转身就去买书,收进来的旧书越来越多。然而今天,MCC 坚持大家一起去拍卖行逛逛。

"可是我根本没钱去拍下任何东西啊!"波维太太抗议道,MCC 只顾将外套递给她。

"有投资才会有回报。要经营下去就得投钱。想赚钱,可得舍得先花钱啊!"

"你又读过什么关于经济学的书啦,MCC?"埃尔莎问道,同时抱怨着妈妈又让步了。她们的确没钱购置新货,连付电话费都成了问题。

"一只俄式茶壶复制品,起价五镑,哪位应价?"拍卖师问道。

拍卖厅的中央空调没有开,一群古董商冷得瑟瑟发抖,蜷缩着身体看着拍卖清单,嘴里喃喃自语地抱怨着。MCC 开口了:"怎么没人出价?这可是把好茶壶。它让我想起了我的伯祖父阿列克谢,有一回他的三驾马车被困在暴风雪里,全靠一壶茶才挺了整整三天,最后等到了救援。"波维太太和埃尔莎几乎同时按住 MCC 的双手,一边一个,牢牢抓紧,不让他举手应价。他低头看着她俩,一脸诧异地挣脱双手,说道:"瞧你们干的好事,真是谢谢啦!"

陆续登场的还有轮船的舵轮、花园里的浇水皮管、一个衣柜、一块小地毯的半成品、各式各样的瓷器、开不了的小轮摩托、一辆轮椅、两枝插在罐子中枯死的叶兰、一个碗柜、一片火炉防护栅栏、一台冰柜和一只雪貂布偶。这些东西里,买家们只对碗柜和瓷器有些兴趣,剩下的就无人问津了,MCC 摩拳擦掌,恨不得样样竞价。"我知道一个开洗衣店的家伙曾经训练过一只雪貂,它会把所有卡在洗衣机里的袜子和手帕叼出来。"

"管用吗?"埃尔莎问道,把 MCC 的手按得更紧。

"差不多吧。每次都能叼出来,不过接着就吞到肚子里去了。"

拍卖师冲着 MCC 皱眉问道:"您是不是应价了,先生?"

"没有!"波维太太尖叫起来。

午饭时间快到了,买家们纷纷拿出自带的三明治,玻璃纸和纸袋的"窸窸窣窣"声在拍卖厅里响成一片。就在这时,一张巨大的桌子被搬上了拍卖台,那是张漆面光亮的椭圆形红木长桌,个头儿足有村中的小池塘那么大,当然喽,桌面也像水面一般光可鉴人。台下一阵骚动,开始你一言我一语地评头论足起来,不一会儿,每个人的嘴边都升腾起一团白气。波维太太也忍不住说道:"终于有件像样的东西了。"不经意间,她按着MCC左手的手松开了。此起彼伏的喊价声吵得她头晕眼花:"三百镑、四百镑、五百镑、五百五十镑……"

"七百镑!"MCC出价了,他轻易地从埃尔莎手里挣脱出右手,如同从袖管里抽出手帕一般。一瞬间叫声停止,没人再应价。

波维太太急得眼泪都出来了。"取消!取消!"她想大叫,但全身颤抖加上抽泣不断让她喊不出声,最后连微弱的声音也一股脑儿淹没在凳子摩擦地板发出的刺耳声中,那是买家们纷纷回头,想要把如此出价的牛人看个清楚。

"这下你开心了吧?"埃尔莎说道。

"有什么问题?"MCC问道,赶忙将丝质手帕递给波维太太。

"七百镑一次。"拍卖师叫道。

"我们没那么多钱!"埃尔莎唏嘘道。

"它可要比七百镑更值钱。"MCC辩解着,看上去有些沮丧,"相信我,我们还能赚上一笔。"

"但我们根本没有七百镑啊！"

"钱的事你就别管了。"MCC回答。

"成交，波维古董店！"

"噢！"波维太太焦急地狂吼，"快去告诉他我们没那么多钱！告诉他这是个误会！他会重新拍卖的。天哪，我再也没脸来这个地方了。"

"好了，好了。"MCC说道，"一切由我来处理。"他从座位上跳起来，挤出一条路，冲过一排排座位来到大厅前面，对着左右两边那些大口咀嚼、嘴冒热气的古董商露齿而笑。接着，他急切地走近桌子，似乎想一头扎进那光亮的桌面里，双手顺着桌脚上下来回抚摸，如同马商仔细检查着一匹纯种赛马的球节。

"我肯定！我基本上能确认……这肯定是……真是太像了……虽然我是很久以前看到过一次，但我还是相当肯定……"他嘟囔着。

买家们霎时像猎狼犬般竖起耳朵。拍卖师没有理会，轻咳一声，说道："我们可以继续了吗？"杂役上来准备搬走桌子，MCC却不让他们动手。

"先生们！先生们！"他大声叫道，转向观众，"很高兴大家今天齐聚于此，一起分享我这件上乘的家具。我深信不疑……尽管无法证明……这张桌子就是那首诗里提到的！"

"什么诗？"大厅里疑问声四起。

"哪首诗？噢，你们肯定知道的，肯定知道！就是《那一晚，威尔士亲王赴宴迟》。"

"威尔士亲王①?！"买家们交头接耳起来，对这帮古董商来说，一听到和皇室相关，就像银币已在耳边"叮当"作响了。为了掩饰自己的无知，大家都装作若无其事一般相互点头。"哦，是的！就是那个桂冠诗人写的吗，对不对？"

"我想应该是罗伯特·布朗宁②写的。"

"不对！是吉卜林③，肯定是吉卜林。"

"会不会是高兹沃斯④？"

MCC不知怎的将拍卖师挤出了拍卖桌，这会儿正俯首对着麦克风。他深色的双眼睁得又大又圆，就像那张餐桌，倒映出台下一群焦躁不安、议论纷纷的听众。

★ ★ ★

题记：威尔士亲王殿下赴邀亲临伯德利夫人阁下夜宴，汉普郡，1899年。

---
①译者注：英国皇室历来的王储封号，本文指的是爱德华七世。
②译者注：维多利亚时期代表诗人之一。
③译者注：英国小说家，诗人。
④译者注：此处是古董商不懂装懂将华兹华斯的名字记错，华兹华斯是英国著名诗人。

先看白色桌布,赛雪一尘不染——
似冰川矗立,浆直熨挺,
如绝壁飞落,直坠苍茫,
桌脚八狮昂首,白纱点睛;

再来盛装烛台,火树银花,
遥想当年力神①,屠龙取果,
扮靓今夕桌沿,金光闪耀。

远离长矛利剑,餐具交相辉映,
刀叉一字排开,桌面熠熠生辉,
侍女奔忙打点,只为恭迎王储莅临。

伯德利夫人倚窗而立,
十指紧扣,面容高贵,却愁云翻滚:
亲王可会耽误?果真如此,
鹌鹑蛋卷是否晚上为妙?

宾客鱼贯而入,名流齐聚一堂:

---

①译者注:希腊神话中的大力神赫拉克勒斯,杀巨龙盗取金苹果是希腊神话故事。

有乡绅,有贵妇,还有大主教,
斯旺夫人着一袭白纱登场,
法官阁下携皇亲豪气驾临。

众人引颈望金盘,空空如也,
杯空,碗空,样样空,
众人心底细思量,亲王圣驾若迟临,
何时宴开席?

厨子布雷顿,着急上火手挥舞,
情急泪洒湿锅铲:
"亲王毁我水果派,
至臻醇味何处寻!"

喧嚣四起心纷扰,
滚雷漫天尽怒吼。
却见餐巾共起舞,
飞入领口与胸间。

主教面包入口,一阵撕咬,
福斯科夫人喃喃抱怨:

"亲王善察人情意,无谓待客空对樽,
唯有嘉宾尽开怀,伊人始得心上喜。"

一语惊醒女东主,伯德利夫人忙开席,
头菜紧随汤羹至,小银鱼、海螯虾,
还有鳄梨、对虾和香瓜,
法式肉酱小羔羊,香蒜意饺添风味。

龙虾领头海鲜来,鲨排、鲱鱼、大比目,
伴多少无名虾蟹。

清凉甘露自天降,青柠果汁白沫翻,
入口微甘身心悦,只为腻口送清新。

埃德加夫人松衣扣,饱胀之忧终得解,
忽而薯条飘然至,钢叉群起如雨下,
牧师难防暗箭袭,手掌遭殃痛楚生。
"洋蓟索然无味,恐为罐装陈货!"
公爵夫人点评忙。

牛肉生鲜带血,如沙场折戟英魂,

猪排粉嫩似霜,披金缕战袍厮杀,
烤架飞奔狂转,排山倒海,饕食客难填欲壑。

羔羊肉,百瓣蒜头伴左右,小葱香叶缀花边;
鹧鸪、鹌鹑带水凫,细面织巢自安卧。

鼓乐声鸣传新肴,野雁酥烤藏玄机,
菠萝蜜枣填空腹,别样风情自难忘。
主教宽衣解带,一阵风卷残云,满盘皆空。
美酒如瀑布倾泻,飞流天际,
染红多少乡绅美髯;
香槟似浪花飞溅,惊涛拍岸,
沁润四下白墙一片;
木塞同烟花争艳,一啸冲天揽日月。

法官大人初扭捏,而今毕露豪迈情:
甩外套,解皮带,袖管卷起震天吼:
"酱汁何在?"大片火腿已入口。

宴厅一片狼藉,桌面油光可鉴,
左倾右覆,哀呻婉吟;

牛骨铺地，残羹堆砌，
纵使牙酸口疼面抽筋，
何奈贪欲无尽食难止，
侯爵夫人忽听闻，妄妇嘶鸣惊四座。
"仅此一轮何挂齿，只望此番非尽头。"

"先生女士众嘉宾，且留食肠待甜点。"
伯德利夫人蜜语嗔，唯恐待客礼不周。

糕点鲜果装车入，蜜饯糖包引馋涎；
群起逐食义无故，裙碎衫破自飘零。

泡芙、松糕、樱桃饼，
恰到火候见真功，
焦香饴糖朗姆糕，
橘子黄油薄卷饼，
最妙还需赞冰品，
火焰霜雪共起舞，
神乎其技！

但闻桌底传声来，循径而望东主现，

缘为纷抢推倒地,狼狈不忘款客忙:
"上酒！波尔图,白兰地,再来橘香液,
劝君杯中酒莫停,千古一醉看今朝。"

乡绅四仰八叉,卧地不起,圆肚随气喘上下凹凸,
却不忍,舍口中美食;
主教酒杯贴面,胡言乱语,肥舌伴醇酿左右晃荡,
只听得,惨叫一声:"薯条呢？"便不省人事。
侯爵夫人脑满肠肥,
鬓角糖霜挂缀,青丝霎时变白雪,
瘫软地毯如泥。
威尔士亲王车马光临,
军乐笙笙,却无人迎驾？
残烛兀自摇曳,
映出多少惨寰:
蜡汁余酒满地流,污浊一片;
绅士贵妇随处横,破衣烂衫。
好个上流社会,集体原形毕露！

★ ★ ★

拍卖厅的地板上丢满了纸袋和啃了一半的三明治。古董商们急急忙忙在名片背后写着些什么，趁 MCC 走回后排的时候，你争我抢地将名片塞进他手里，有些抢不过，只好顺势扔到他绿色灯芯绒外套的口袋里。坐回位子后，MCC 开始一张张看起名片来，时不时递几张给波维太太。每看一张，她都发出不可思议的尖叫，继而转为喃喃低语。几分钟后，他靠上前排的一张椅子，对一个穿着羊皮翻领羊毛外套的男人说道："就我个人而言，是极不情愿卖掉这张桌子的，但我的老板波维太太示意我接受您的报价，以一千英镑转让这张长桌。"

"羊皮翻领"二话不说，爽快地付现成交，MCC 这才能够同样潇洒地点了七百镑现钞给拍卖师。"想来我这儿工作吗，年轻人？"拍卖师对他使着眼色，"你那么能说会道，我这儿随时欢迎。"

"谢谢您对我的赏识，不过嘛，我在波维太太那儿工作得非常愉快。"MCC 说道，波维太太再一次热泪盈眶。

生意做完后，MCC 对后面的拍卖就毫无兴致了，他从口袋中抽出一本小书读了起来。拍卖锤雨点般一次次落下，他却彻底置身事外，完全沉浸在书本之中。埃尔莎的目光越过 MCC 的肩膀。果不其然，他正读着一本诗集。

第 六 章

羽管键琴①：
信任是最大的荣誉

① 译者注：一种拨奏弦鸣乐器，16世纪到18世纪盛行于欧洲，在形制上与现代三角钢琴相似，但琴弦是用羽管拨奏而不是用琴槌敲击。

电话公司终于来剪电话线了。

波维太太赶紧将钱塞进技工手里,但他却嗤之以鼻:"早干啥去了?现在晚啦,得交上好大一笔钱才能重新给你接上。你用的是合租线,否则在交换局就能把电话线给掐了,懂吗?害得我还得亲自跑一趟。"

埃尔莎想起了那首儿歌中唱的:

点上蜡烛照亮路,带你上床睡觉去。

现在倒好,后面一句变成了:

技工马上就来到,剪掉你家电话线。

波维太太实在无地自容,跑上楼哭了起来。

这位技工身材魁梧,肌肉结实,头发又短又稀,一张饱经风霜的粗脸上面的皱纹像泰迪熊身上露出的白棉线,道道清晰可见。这会儿他正义无反顾地走向货车,去拿他专用来剪线的可怕工具。看到MCC躺在长椅上事不关己地埋头看书,他露出几颗烟渍斑斑的黄牙齿,咕哝着骂道:"懒鬼,成事不足,败事有余。"

MCC正在看一本叫《西班牙美洲帝国大劫案》的书,听到咒骂便抬起眼,冷冰冰地看着技工,不屑地问道:"怎么,你在船上的活儿丢了,难道还要我负责不成?"

技工脸上来不及散去的嘲讽这会儿突然如电线短路一般瞬间消失。"我要是没猜错的话,"他大声说道,"你老兄也是跑船的吧?"

"现在不干了。"MCC面带忧郁地回答,好像一周前他还是个船员似的。

"你是哪条船上的啊?跑什么航线?都去过些什么地方?我从前在阿芙罗号上,真是艘漂亮的小船,可惜后来被卖到斯里兰卡去了,听说去年报废拖到拆船厂去了。可怜,太可怜了。"技工的话中不无感伤,"现在可是超级油轮一统天下喽,我们这些船员算是没戏了。有烟吗,伙计?"

MCC从外套口袋里掏出一包皇家海军牌香烟(埃尔莎倒是从未见他抽过烟),递了一支给技工,两人就像多年未见的老友。烟壳皱皱巴巴,但上面的铁锚就好像见证着二人的同甘共苦。"的确可惜。"MCC悲哀地回答,"当然咯,帆船才称得上是真正的船。要是能在那个时代做上几天水手,那可真是太棒了。在桅楼甲板上拉拉风琴,在船艄唱唱小曲,那歌声啊,不断传上去,一直传到瞭望台,就像左右盘旋的海鸥!"

技工的眼睛不由自主地朝天花板望去，嘴角露出一丝笑意。"我有一台雅马哈电子琴。"他得意地说道。

MCC似乎并不惊讶，也许他早已看到了技工蓝色工作服口袋里冒出的一截乐谱。

埃尔莎正从厨房门往外偷看。此时她一把推开作业，跑进店面，拉过一把扶手椅让技工坐下，自己坐进边上的一把柳条椅。技工正聊到兴头儿上，突然被打断，显然十分不悦。"你想干什么？"他粗鲁地问道。

埃尔莎招呼他坐下："快点坐好，MCC要讲故事啦。别争辩，吵也没用，他反正是要讲的。他一讲，你肯定会乖乖地听下去的。"

技工饱经风霜的脸上挂满各种表情：既怀疑，又好奇；既焦躁不安，又心驰神往。他坐了下来，嘴里说道："那你就开始吧。"手里却拽紧那在劫难逃的电话机，好像在说："谁都别想在最后一刻把它从剪刀下救出来。"

★ ★ ★

"快来看我们发现了什么，船长！"

船员们从船舱里的一个大桶后面拽出一个小男孩，拎着他的衣领和皮带把他吊在半空。"是个偷渡的家伙，船长！"他们说。

"把他带上来，让我瞧瞧！"

一个船员压着小男孩的肩膀将他推上楼梯,一把摔在船长脚下,小男孩眼冒金星,一脸恐惧。"站起来,臭小子!"船长咆哮着,抬脚踢了下那个颤抖不止的身躯,"叫什么?你小子总该有个名字吧?"

　　"奈德,大人。"小偷渡客回答着,"奈德·考克斯。大人,我没想干坏事,我发誓!"

　　船长咧开嘴,露出几颗参差不齐的小尖牙:"没想干坏事,先生?偷偷上船躲着还不算坏事,先生?想不付路费就搭船旅行是吧?想到了饭点儿就混吃混喝对吧?我没有猜错的话,你小子是犯了什么事儿仓皇出逃吧?"

　　"噢,没有,大人!我绝对没有,大人,我说的是实话!"

　　"实话?实话就是你不老实,先生。知道我怎么招待不老实的偷渡客吗?我把他们扔下海,先生,鲨鱼可等着呢,一下子就能把那些家伙拖下去,然后消失得无影无踪。动手,大副。"

　　没人动手。随着船身的摇荡,奈德看到船长肩后的绿色地平线忽左忽右。抓着他衣服的手攥得更紧了,但还是没人动手。他听见远处传来哭声,却没意识到就是自己在抽泣。还是远处,又传来一个声音:"您不是当真的吧,船长?"

　　"当真?我当然是当真的!快动手,大伙儿手里都还有活儿呢。"

　　"要不先绑在桅杆上,到了巴巴多斯①再扔下船,船长……"

---

①译者注:加勒比海的一个岛国。

"好吧,先生,你想这样的话,那就把你绑在桅杆上。他呢,还一样投海。水手长,大副好像对我的话有点儿意见,你来!"

抓着奈德肩膀的手换了一双,但还是没人挪到船舷边。

"我下不去手,船长。这么做可不好。"

"不好?让我来告诉你什么叫好。在这条船上,我说的就是好的,你们说的顶个屁。"

"我们不能啊,船长。"众水手小声附和着,逮到奈德的那个声音最大。愤怒开始积聚,华达呢工裤口袋内的一双双大手攥成了拳头。

船长一个箭步冲上去,抓住奈德的手腕,将他抢过来,水手长手里只剩下一条从衬衣上撕下的破布。奈德被拦腰举起,悬空在船栏外侧,身下的海水泛着波光,像一张深绿色的大嘴,等着从天而降的猎物。奈德的双腿四处乱蹬,不断打在栏杆上,两条手臂挥得都快脱臼了。

"不能这么干啊,船长!"水手长大声叫道,窃窃私语变成了喧嚣骚动,大伙儿一股脑儿拥到船栏边,低头俯身,长长的栏杆瞬时被淹没不见了。

"你们这帮鬼哭狼嚎的家伙想干什么?"船长轻蔑地说道,"这么想留下他的小命,自己到海里去捞吧。"说完一松手,将奈德扔进一片波涛滚滚的绿色之中。海水冰凉刺骨,咸得发苦的水涌进嘴里,小男孩沉浮不定,奋力求生,却像攀爬一架没有踏板的长梯,永远到不了彼岸。

忽然一条船绳扔了下来，正打在奈德附近的海面上。他费了九牛二虎之力好不容易才抓住，谁料绳子却一下子滑出手掌，他的头也再次沉入海中。

"抓紧啊，小孩儿，快抓住！"头顶上喊声一片，绳子又荡了下来。奈德瞥见大船正迅速从身边溜过，像黑色的鲸鱼从眼前闪过一般。

船尾越来越近了，这一错过可就再也回不来了。绳子第三次打破海面，小男孩拼尽全力够到绳子，手脚并用牢牢抓住，连牙齿都用上了，终于被拉了上去，攀到一面破碎的横帆上。

船员们七手八脚地把他拖进船栏，一把扔在甲板上。奈德一抬头，只见船长正朝他凑过来："好小子，给我到瞭望台去，好好看着，一天都别下来。你以为这帮叽叽喳喳的家伙救了你，哼，等会儿就有你好看的。到了巴巴多斯再好好收拾你。"

他头也不回径直回舱，那些违抗他命令的水手这会儿都将视线从奈德身上移开，就好像碰到了灾星霉货，避之不及。大伙儿都明白，得罪洛克船长可没什么好果子吃。

"最好照他说的做，小子。"水手长说道，"爬过船桅吗？"奈德摇摇头。"那正好，借这个机会好好学学，带罐水上去，仔细盯紧，一看到船就大声叫。要是干得不赖，他或许会觉得你是做水手的材料，说不定到巴巴多斯之前就回心转意了。"

船桅像从甲板上长出的一棵丛林巨树，枝丫被砍得干干净净，只剩下光秃秃的树干缠绕着一圈圈的船索。他向上爬去，身下的绳索松松垮垮，像个网兜一股脑儿将他套住，犹如小动物掉入陷阱，又似飞蝇被蛛网俘获。他抬头看看桅顶的瞭望台，正好看到正午的太阳，强烈的光线直刺眼球，眼前突然一片漆黑，什么也看不见了。他好不容易爬到第一级横杆，手脚的关节已经如火烧一般疼痛，根本不听使唤，似乎只能由着身体攀在原地，只等筋疲力尽时松手坠落。

他又向下望望，这一瞧可把他吓得半死。甲板在波涛中左右摇晃，一刻不停。本能驱使着他继续向上爬去，瘦小的身影在巨大的船帆上移动，双手紧紧抓住粗糙的绳索，手心浸满汗水，也不知道是累的，还是吓的。

所谓瞭望台其实就是个小得出奇的篮子，还没有澡盆大。随着船体的摇晃，篮子一会儿甩向左舷，一会儿又冲到右舷，即便是最强悍的水手在里面待上一小会儿，也会头晕眼花。奈德就更不用说了，桅顶每晃一下，他都觉得自己就要掉下来了。烈日烤干了身上的海水，衣服上、皮肤上，到处结满白花花的盐层，整个人都火烧火燎的。面对赤裸裸的暴晒，奈德根本找不到任何遮蔽，只好把整个身体蜷缩在篮底，抬起满是盐花的手臂挡住脑袋。

夜幕降临，他还是被扔在那儿。星星的倒影渐渐模糊，幻化成刺骨的寒冷，一阵阵侵袭着肌肤，他整个人还是像骰子般被桅杆抛来甩去。至于瞭望这回事,他多么希望自己生来就是瞎子,那要比现在强忍着抬起眼皮看地平线东倒西歪强多了。

小艇驶近时奈德根本没有看见,它乘着清晨的海雾悄悄靠近。甲板上传来一声大喊:"海盗!"小男孩这才惊醒。

洛克船长一夜狂饮,白天的残暴已消失得无影无踪,这会儿正追问谁在瞭望,又是谁失职不报。但责备已无济于事。小艇离船尾只咫尺之遥,近到只要加速一撞,便可用船首斜桅将大船拦腰截断。近距离瞄准,小艇开炮了。第一炮就命中横桅,绞辘像被大雪压折的树枝,纷纷掉落。第二炮,第三炮,目标越来越深入船身腹地,不过船还在吃水线上坚持着。水手长拖出一门大炮,甲板却经不起分量破了个窟窿,大炮应声落了下去。又被轰了一炮,舷缘上的护栏被炸得粉碎,掉落海中。水手们彻底没了方向——到底是该反击还是投降。洛克船长站在他们身后咒骂着、怒吼着,威胁说有人胆敢弃船投降,就将他绞死示众。

一颗子弹从海盗小艇射来,船长在自己的咒骂声中倒地,紧接着一声巨响,小艇擦上大船,铁质螺栓擦得火星四射。最后一炮命中主桅,桅顶像遭遇雷击的大树瞬时折断,朝着小艇的横桅轰然倒去。两个瞭望台撞了个满怀。

奈德从篮子里被抛了出来,滚落在上桅边,没人看到。商船的水手们根本没空理他。他们正忙着投降,乖乖地交出货物。

海盗登上大船,大声的叫嚷让人毛骨悚然。不过他们似乎不想血洗商船，反正船长已经发不出声，也不会碍手碍脚了。海盗们蝗虫肆虐般将船舱洗劫一空，熟练地接力把货物运到小艇上。水手们被锁在船舱里，海盗们鸣枪示警，呼啸离开。岂料大船的船索缠住了小艇的顶桅，这惨遭劫掠的商船被拖曳着朝右舷倾覆，终于绳索崩断，在海面上随波逐流。

看来大船一时半会儿是不会下沉了。

奈德发现自己头朝下窝在一堆船索中，船索快速滑向下面的甲板。他大声尖叫着，慌乱中发现下面一张张怪脸就像看滑稽剧一般大笑不止。他们七手八脚抓起奈德，就像拎着献祭的供品，一把扔在海盗船长脚下："看我们找到了什么，老大！"

奈德顺着松垮闪亮的皮靴朝上望到裂纹的皮带，上面挂着佩刀、手枪和利斧，一管火枪顺着一条粗糙的臂肘垂下。海盗船长抬头检查桅顶，看看被倒塌的大船的瞭望台砸成了什么模样。他又高又瘦，脸上的皱纹如刀刻一般，双眼被阳光刺得紧闭起来，黑色的络腮胡长得好像几天都没修剪过，杂草般的长发在脑后扎成一条马尾。他俯身盯着奈德，脸色阴沉。"没受伤吧？"他开口问道，"让你的船长受苦了，不好意思。"

"他不是我的船长，我是偷偷藏在船上的，大人。"

"哦。"

"求求您别杀我，大人。"

"你说什么？"海盗头子伸手遮起一只耳朵，"都是炮声搞的，耳朵不大好使了,过会儿就会好的。去我的舱房吧,你肯定吓得够呛,去那儿躺会儿。"他说话时毫无笑容,只有忧郁,好像未来的悲伤都提前在脸上预留了位置。一进舱房,他就从木桶中给自己舀了一大杯酒。他双手摇晃着锡酒杯,敲在酒桶上发出"咔啦啦"的声音。

舱房到处散落着各色书籍和海图,一台小键琴靠在角落里,用线绳与墙面拴牢,以防在大浪颠簸中撞个粉碎。

"干吗要偷渡啊,孩子?"他问道,"愿意的话就跟我说说。没关系,我耳背。"

"我妈死了,老爸是个酒鬼。"奈德回答。

"噢。"

"我琢磨着去新大陆讨生活,也许做个猎人,但是被他们发现了。船长把我扔下海,那些船员救了我,然后我被弄到瞭望台上值班,一整夜都在那儿。再后来你们就……接着我就……"

海盗头子不断用掌跟刮着不堪其扰的耳朵:"那家伙看上去就是个暴君。慢慢你就会知道了,有些船长能和手下称兄道弟,有些就只会欺负人。你们那位就是后者,我早就看出来了。要抢一个恶霸的船可不难:打一开始那些水手就有一半存着倒戈的心了。也许这么干还解放了那些船员呢,最后他们可能也会像我,还有我那帮可怜的兄弟一样干起这样的营生。我的良心就是这么告诉自己的。"

奈德点点头,但没接茬儿,唯一想得起来的话就是:"你是英国人吗?"

"不，不，孩子。曾经是英国人，现在我是海洋公民。瞧！我跟你说过，这耳朵过会儿就好。现在听你讲话可清楚呢。不错，我过去是英国人，前半辈子吧。我从前是格雷夫森德一艘货轮的大副，船长就是个仗势欺人的狗东西。那家伙无恶不作，莫名其妙就给人一鞭子，常常把水手的薪俸据为己有，还会把人绑在船底拖来拖去。后来我们绑了他，我就坐了他的位子，接着我们就变成了现在这个样子。做海盗简单，往后的事情可复杂多了。"他透过窗户凝望船首，阳光洒满舱房，"那条货船太慢，做不了海盗船。我们就换了这艘小艇。"房中突然传来一阵音乐的"叮当"声，他回身一看，瞧见男孩站在小键琴前，双手僵直按在琴键上。

"对不起！我不是故意碰它的！"奈德叫道。

"没事，小家伙，别紧张。你大概海盗故事听多了。别害怕。你会弹键琴吗？"

"我老爸只是个砖瓦匠。"奈德哼着鼻子自嘲，但布鲁姆船长好像没听到。

"现在恐怕音调都不准了。抢到键琴是一回事，抢不抢得到调音器可是另外一回事，算了吧。这也没办法，整船运的都是键琴，还能抢什么呢？"他踱到琴边弹了起来。由于键琴的高度是为女子站立弹奏设计的，他这么高的个子只能屈下膝盖，放低肩膀。奈德看着他弹奏，突然觉得眼前这个男人有些异样。透过拉碴的胡须、凌乱的头发、灼伤的皮肤和破烂的衣服，除去利斧、手枪和佩刀，他分明可以看到一位优雅的男士身着竖领燕尾服,系着黑色领结,头发梳得清新整齐,怡然自得地在宴会厅中弹奏泰勒曼和巴赫①的作品,取悦着一群窈窕淑女。流淌的音乐是奈德听到过的最美的声音,这分明在告诉他自己落到了一个绅士手中。怒张血口的大海突然变得温顺驯服,冷酷无情的刀锋刹那间变得和颜悦色。他长这么大从没听过键琴的演奏,但每个音符无疑都传递着安全的气息。他坐到海盗头子的床上,不知不觉靠在床头安稳入睡。布鲁姆船长仍在弹奏。

一周后,从一艘快速帆船的艉甲板上飞来一颗流弹,击中了布鲁姆船长的舱房,将那键琴炸得粉碎。可是这样的还击无济于事,海盗们还是占领了帆船,两个小时内便登船将装载的所有檀香木洗劫一空。海盗砍断主桅,任其漂荡海面,接着就快速逃离。直到小艇消失于天际,帆船上精疲力竭的船员才发现海面上浮游着一艘海盗们放下的小划艇。

划艇里蜷着一个男孩,手脚捆着,旁边还有一个用帆面破布自制的布包。帆船的船长命令船员将划艇拉上来。"他们要去哪里?会在哪儿靠岸?进哪个船厂修理?"他大声审问着破衣烂衫的男孩,毫无怜悯之情。

奈德摇摇头,耸耸肩,将帆布包紧紧抱在胸前:"他们把我囚禁

---

①译者注:泰勒曼是德国作曲家、风琴家。巴赫是德国作曲家,被称为"西方音乐之父"。

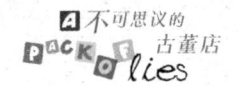

在底舱,大人。我什么也没看见。他们没有靠过岸。"

"那他们是怎么抓到你的?"

"他们抢劫我们的船时我从瞭望塔上掉了下来,摔到他们的甲板上,大人,接着他们就把我装在一个大包里。我吓得魂都飞了,到现在心还怦怦直跳,大人。能给口水喝吗,大人?他们不给吃,不给喝,光扔给我些连老鼠都不碰的东西。"

"包里是什么?"

"没什么,大人。他们劫船的时候我正在瞭望台上缝布包。"

船长还是一把从奈德手中抢过布包,不料被隐在线脚里的针刺了一下。海盗派人登船乘着夜色割断船长喉咙的事,他可是有所耳闻。但布包里确实空空如也。事实上,它还只是个半成品呢。他将布包扔回给男孩,叫人送他下去吃点东西。

一个月后,船靠上蒂尔伯里,奈德跟着船上的厨子上了岸。厨子的妈妈就住在码头边,对没妈的孩子特别心疼。她给他做肉汁猪肚吃,用一个镀锡澡盆给他洗澡,还在炉灶边为他搭了张暖和的床。

"明天我们帮你找找,看有没有船要舱房服务员。"厨子说道,"要不你就跟着我,下次出海时做我的助手。"

"谢谢,您真是个好人。但我在下次出海前还有一两件事情要办。"

"噢,这样啊。办完事后能找得到回来的路吗?"

"能找到。"

"办完事就回来,我妈妈这儿总会给你留着吃的。"

第二天早上,奈德走出了码头区,向着伦敦西区进发,一路上不停地甩着那个半成品布包,麻雀在头顶欢快地歌唱。还没走出污泥漫布的泰晤士河岸,他突然缩进一个墙角,开始用手扯,用牙咬,拼命撕开布包的线脚,金币一个接着一个蹦落在地上。他手忙脚乱地追挡着,不让金币滚进排水沟。

在某个遥远的地方,苍蝇在九重葛的醉人香气中没头没脑地乱飞,高过人头的芭蕉叶投下如剑般的阴影,对着海滩耀武扬威,海浪懒洋洋地泛着波光,一片寂静中一枚金币悄无声息地落在柔软洁白的沙滩上。布鲁姆船长弯腰捡起金币:"头朝上,我赢了。小男孩肯定会平安归来的。"

他的手下四仰八叉地躺在海滩上,发出揶揄的叹息。"算了吧!他才不会回来呢。那小子说不定都溜到爱尔兰或南非了,指不定怎么逍遥快活呢。"水手长说道。

"你最大的毛病啊,老大,就是总觉得满世界都是好人。"舵手说道,"要不是你那么心慈手软,我们早就捞饱回家,老婆孩子热炕头了。"

这个话题可有些犯忌,船员们围住舵手,朝他扔起沙子。"别扔了,他说得没错。"布鲁姆船长说道,"我们从他手里夺下船的那家伙,就是老格莱斯,不论身份地位还是出身,都该是个绅士,但他不是。我们救的那个男孩,生来就是个偷鸡摸狗的小混混儿,但也许他也不是。抛过硬币了,老天说他不是。既然我决定拿金子在他身上赌一把,我就愿赌服输。"

众人默不作声。每当老大现出悲伤忧郁的神情,他们就不敢多嘴了。他颓然地靠坐到一棵粗糙的芭蕉树旁,对着脚尖一颗颗扔着小卵石,脸色阴沉而抑郁。

一个人影顺着海滩跑了过来,海面的反光抹去了他半个身子:"英国寄过来个箱子,老大,寄给你的!刚从伦敦寄来的!我让他们搁在烟草仓库,等着你去拿呢!"

布鲁姆船长放下手中的卵石,看看手掌,松松五指,笑了起来。他突然跳起身,若有所思地说道:"烟草仓库!那儿可太干燥。我得赶快去取,把它弄上船。"

箱子里躺着一架漂亮的大型羽管键琴,用软纸小心包垫着。红木漆面光洁无瑕,亮晶晶的琴盖下琴弦链钩如水银般晶莹剔透。布鲁姆靠上去,打开键匣,一颗颗象牙般的琴键正朝他微笑。"谁说这世上没好人?"他自言自语。

突然,一只手拍在肩后,一管火枪抵上了他的脊骨。"约翰·布鲁姆,约克堡号原船员,我以抢劫的死刑罪名逮捕你!"

一群驻守要塞的英军士兵包围上来,刺刀在装饰华丽却愚笨可笑的武器上闪着寒光。海盗头子面不改色,双手依然轻抚琴键。"是不是那个男孩?"他问道。

"什么男孩呀？"

"我问你是谁出卖了我。"布鲁姆说道。

"抓住你可没赏金。"带头的军官回答，"真是碰巧了，运这个箱子的人正好是那个格莱斯船长，没错，就是你和你手下那帮人抢劫的那条船的船长。他在箱子上看到一个英国人的名字，这不就怀疑起来了吗？还真给他查了出来。看上去你喜欢音乐这事儿还小有名气呢。格莱斯船长说你在船运这行里可是个小丑。你和你的键琴演奏技术，哈哈，那可是格雷夫森德的大笑料……"

布鲁姆如释重负，长长地舒了口气："那就好了，中尉，我愿意跟你走。能再次踏上英格兰的土地真是太好了，你不知道我多思念她呢。"

只有布鲁姆一人被捕，没有任何手下遭殃。他被押上一艘海军护卫舰，送回伦敦受审。起锚前，格莱斯船长亲自登船，看到当年的叛乱者成了阶下囚，戴着枷锁困在脏乱恶臭的船舱监室，他止不住地大声狂笑，心中充满了复仇的喜悦。

格莱斯走了。军舰起航。刚到外海，船长就走到舱门口对着里面说话："都是你惹的祸，布鲁姆，我们还得把这么大个键琴运上船。"

"你最好别让它吹到海风，先生。"布鲁姆说道。

第二天，船长又来了，还是靠在舱门上："我知道格莱斯，他是个十恶不赦的坏蛋。你们劫了他的船后，他又被人劫了一次，你知

93

道吗？"

"我不知道。"布鲁姆回答，"又有一帮人得像我们这样浪迹天涯喽。"

又过了一天，船长第三次来到舱门口："知道吗，布鲁姆，我可喜欢音乐啦，喜欢到痴迷。也许你会愿意……"

就这样，布鲁姆不必镣铐缠身了，他以一个绅士的名誉承诺不会逃跑。他又可以用键琴弹奏泰勒曼和巴赫了，而这架大键琴正是奈德·考克斯用一包海盗金币从伦敦千里迢迢寄来的。

护卫舰在比斯开湾遭遇风暴，前桅大帆像野狼撕裂小鹿的喉咙一样被扯碎。他们苦战三天，终于跌跌撞撞地驶入英吉利海峡，一副惨相。但军舰还是在切希尔海滩搁浅了。风暴虽然停止，却在最后一刻把军舰推到一堆乱石上，船尾被撞出一个大洞，又一波大浪都没能让它重回海面，整条船就这么孤零零地横在海滩上，船员们四散逃命。

从此以后，约翰·布鲁姆便销声匿迹。船舱监室在风暴来袭时就进了水，有人说布鲁姆被枷锁所困，无法逃生，肯定淹死了。船上的东西一件件被打捞上岸，其中就有从船长室找到的一架键琴，由于在水中泡了许久，已无大用，被搁在海关仓库中，好几个月没人理睬。最后，有个衣衫褴褛的瘦高个子，声称为打捞公司工作，认领了键琴，用一辆马车装走。一天夜晚，一股春潮卷走了切希尔海滩上的船骸，一切都随海浪消散了。

奈德·考克斯又回到了厨子在码头边的家里,后来两人一起出海去了西印度群岛。因为手中总是摸得出两枚金币,他成了船员中的场面人物。他发誓,那可是凭着自己的诚信挣来的。

★ ★ ★

埃尔莎想了一会儿,觉得技工是不是像听枕边故事的孩童那样睡着了。店外已经漆黑一片,是关门的时候了。突然,技工膝盖上的电话铃声大作,他吓得猛然跳起,电话滚落在地上。

"喂?是的。什么?好的,好的,嗯。我不是说了吗,知道啦!"他冲着话筒大叫,然后挂了。

他起身迈着水手特有的步伐穿过家具丛林,一手抽出卷起的乐谱,像摆弄指挥棒一样挥舞起来。"哪儿去了?是在这儿吗?怎么不见了?"他四下找寻,如同搜索着被强迫拉上船服苦役的壮丁。

MCC 看着埃尔莎,没有回答。

"应该在这里,我知道,刚才看见过。这儿怎么没有灯啊?"

MCC 还是一言不发,埃尔莎回望了他一眼,好像在说:"我可不会对他说你那些谎话。"

就在这时,波维太太大概是哭够了,从楼上走了下来。"请问您在找什么啊?"她冷冰冰地问道,"我们要打烊了。"

"一架羽管键琴。你们这儿有一个的,我进来的时候看到过。拜托,开个灯吧。"技工请求道。

"是的,我们是有架大键琴。"波维太太颇有几分惊讶地说道,"恐怕弹不出声了,不知是进水了还是别的什么原因。要是能弹,就不会在我们这么个小店里搁上好几年了。"

埃尔莎和MCC对望了一眼,摇摇头,叹了口气。

灯亮了,刚才还在黑暗中到处摸索的技工突然发现自己的双手正搁在一架羽管键琴的琴键上,琴的漆面已斑驳褪色,只剩三条腿勉强支撑,琴身摇摇欲坠。他弹了组和弦——一组沉默无声的和弦。只有锈蚀的弦线相互摩擦发出的声音,如同小猫在棕毯上磨爪。

但在技工听来,这声音可像波涛翻滚,犹如圣艾尔摩之火①照亮他饱经风霜、皱纹密布的粗糙面孔。"我会修好它的!"他振振有词,"我老婆可能会剥了我的皮,但我一定要修好它!一定!我还要教我那小子弹琴!"埃尔莎眼前忽然闪过一幅水手房间的图片:墙上挂满各种船只的照片,书架上放满远航带回来的纪念品,地上撒满孩子的玩具,雅马哈电子琴和键琴遥相对视,当中竟隔了三百年的时光。

MCC收了钱,帮他将键琴装上电话公司的货车。这时,早就过了关门时间。

---

①译者注:一种奇妙的电子放电现象,常环绕出现在暴风雨中的船桅上。

"电话线已经剪掉了吗？"波维太太略带忧伤地问道。

"嘘！别问,妈妈。"埃尔莎赶紧说道,MCC也朝她使着眼色,示意她闭嘴。

技工撩开手腕上厚厚的汗毛,看了看时间。"嗯,已经过了下班时间了。"他说道,"今天收工了,我明天再过来剪线,除非你以你的名誉担保明天缴清欠费。如果我是你,我就赶快付钱,重新开通可得花好大一笔钱呢。"

"我会的！我会的！"波维太太保证道,谦卑地跟在他身后送他出店门,"博克夏尔先生今天早上做成过一笔生意,我明天一早就缴费。我以名誉担保！"

"对不起,先生。"埃尔莎说道,"刚才谁来的电话？"

技工猛地拍了下脑袋："太激动了,差点儿忘了。有个很粗鲁的家伙,好像叫克莱夫,说这周末要来你家。天哪！我老婆见了那架羽管键琴一定饶不了我。我得先告诉她这是个放影碟机的柜子,等我修好了再告诉她实情。"

第七章

衣架：

闯祸的坏脾气

"可我们一直不让他来的！"波维太太痛苦地说道。

"为什么？他怎么了？"MCC问道。

"克莱夫叔叔？他太……太……"埃尔莎说道。

"就是嘛，"波维太太说道，"他简直就是无所不知、无所不能，他太……"

"啊,我明白了。"MCC说道,心想等到周五我就能自己判断克莱夫叔叔到底是个什么样的人了。

波维太太的小叔子真让人烦,他好像比谁懂得都多。不管你做什么工作,火车检票员也好,首相也好,克莱夫·波维都比你更能胜任。他兴趣广泛,样样事都做得像模像样,比如他能把早饭时吃的煮蛋的蛋壳恢复原样,编撰关于偷税和冒领救济金的百万富翁的报纸剪贴簿,以此证明社会风气日渐衰败。在克莱夫叔叔看来,每条大街、每辆公共汽车上的狗都要比巴特西狗收容所多得多。他痛恨乱扔的垃圾、丢弃的烟头，还有睡在公园长凳上的流浪汉。如果说有什么最让他痛恨（他痛恨的东西多着呢），那就是无所事事。他本人脾气暴躁，精力充沛，努力奋斗。在他身后，垃圾晕了，树木枯萎了，云朵消沉了，狗也吓得发抖了。

当然正因为如此，大家对他也都非常友好，尊重他，善待他，以免他发脾气。事实上，他也认为自己可爱、直率、坦诚。

他哥哥的死让他非常沮丧，他对嫂子难以继续经营波维古董店颇感失望。他不止一次要求嫂子把店卖了，但她会听吗？她这人从不接受别人的建议。他老给她寄征婚广告，但她从来也不看。

就像小螃蟹在光滑的圆石上艰难地保持平衡一样，埃尔莎与妈妈一直相依为命，小心提防着叔叔对她们大发雷霆。过去这些年中，她们一直以各种借口不让叔叔来看她们，但克莱夫叔叔还是来了，他穿着露趾式凉鞋，格子呢袜子，大号方格西装，戴着礼帽。"哪个白痴在店门前写的这些关于书的广告语？"他操着兰卡斯特口音愤怒地问道，脖子上青筋暴露。

"叔叔好！"埃尔莎说。

"见到你太高兴了。"波维太太说道。

"很高兴见到你，波维先生。"MCC从躺椅上站起来问候道。

"你是从哪儿冒出来的？"

"克莱夫，这是博克夏尔先生。"波维太太说，"他在这儿帮忙有一阵子了。"

"嗯？在这儿工作？你现在居然雇起帮手了？彩票中奖了？什么时候也请得起人了,奥德莉？"

波维太太回答道:"博克夏尔先生对人很好的……"

"他是不是忽悠你给了他份工作？奥德莉,你真笨得可以啊……"

"我没付他工资。如果我付得起,我倒愿意付。"

"嗯,什么意思？不给工资？"克莱夫叔叔将信将疑地瞪着MCC,"小子,你玩什么花招儿？你可以糊弄这位女士,但想忽悠我,没门儿！你玩什么花招儿？你到底想干吗？"

"我喜欢这儿。"MCC冷静地回答道。

"小子,收拾收拾你的东西,快点离开,喜欢别的地方去吧！听见了吗？奥德莉,你大概脑子进水了吧,居然让他在你这儿待着。你真是疯了,汤姆跟你结婚的时候我就警告过他……小子,你还愣着干吗？赶紧给我走人！"

MCC慢慢地眨眨眼,看上去非常冷静。

埃尔莎感觉好像突然听到一阵铃声,似乎在暗示自己:两个人要打起来了！

但铃声是站在店门前的一位顾客按响的,因为门口被克莱夫叔叔的大箱子给堵住了。那人一遍一遍地按着门铃。

"如果你允许,等我接待完这位顾客后再走,好不好？"MCC冷静而又不失礼貌地说道。

来客是一位修女。"请问有没有衣帽架卖？"她说道。MCC立马站起来，走到一件深色的漂亮实木衣架旁。衣架的支柱粗大，有四个驯鹿角那么大的挂钩，底部有弯曲木材制成的用来放拐杖和雨伞的篓。"其实我们只要一排简单的挂钩，可以钉在墙上的那种。不管如何，谢谢你……"那修女说道。

MCC听了显得很吃惊："那滴下来的雨水怎么办？"

"对不起，你刚才是说'滴下来的雨水'吗？"

"没错，如果你只要可以钉在墙上的挂钩，那么雨伞挂在上面时水滴下来怎么办？想想看，地上还有地毯，而且万一地板烂了，那可就太危险了！"

"啊？但我们只是挂外套……"

"瞧这衣架，这儿可以挂外套。"MCC边说边摇动着环形木头架子，表明这玩意儿有多结实，"下面这儿可以放雨伞，你看底部用了铅质衬里，可以让水慢慢蒸发。"他整个身体就像在演绎雨水滴进这个维多利亚式伞架后的生命周期一般。"难道你们修道院没人用雨伞吗？"他问道。

"那倒不是……当然有的，十几把伞呢。"

"我想也是，我是说如果这个衣架的最后一个主人从没用过雨伞的话，情况就会好多了，但修道院是为数不多可以安全收藏这个衣架的地方，特别是如果你知道它的来历的话。"

埃尔莎闭上眼睛，急切地期待着修女问（她果真这么问了）：

"为什么？谁是这衣架最后的主人？"

这正是MCC.博克夏尔需要的借口，就像洗衣店的洗衣机中的雪貂一样，他抓住了机会。

★ ★ ★

达菲德·特雷斯里克下雨天总是穿件防水衣（威尔士西海岸雨水很多）。虽然他现在已经不再是救生员了，但他仍然喜欢穿防水衣，戴宽檐的防水帽。防水衣很硬，可以自己"站立"，看上去活像一个无头怪。下小雨的时候，他就穿一件防水的羊毛针织套头衫，受热后会发出一股柏油味，只要不放在洗衣液里洗涤，其防水效果还相当不错呢。

特雷斯里克根本不相信雨伞，而且他这种不相信简直有点儿走火入魔。他自己没买过雨伞，别人送他，哪怕作为生日或圣诞礼物，他也不要。他也不会去买把雨伞送给妻子以讨她欢心。

特雷斯里克最最喜欢的就是畅快淋漓的大暴雨了，不下雨他就会很难受。

但是1952年的夏天雨水却不多，甚至可以说是遇上干旱了。令他沮丧的是，尽管他顶着烈日辛苦劳作，但是莴笋、番茄等作物都枯萎了，长豆豆病恹恹的还没毛毛虫大。秋风来时，枯萎的树叶直往下落，小苹果也随之掉落，但是秋风并没有带来一滴雨水，好像大海已经被夏季的炎热晒干了似的，没有风浪给这个快被干旱烤焦了的彭蒂斯小镇带来雨水。

所以，当特雷斯里克从卧室窗户看着窗外第一场秋雨浇在自家嗷嗷待哺的草坪上的时候，他开心极了！"该穿冬天的内衣裤了，格瑞。你把它们放哪儿了？"

他妻子听了这话，脸一下子红了。她假装正在整理床铺，然后匆匆走到楼梯口说道："春天的时候我就把它们全扔了，当时那场面还挺壮观呢。"

特雷斯里克顿了一下，追问道："那你买新的了吗？"

他妻子感到有点儿内疚，没有回答。她站在楼梯上，觉得自己不应该说谎，于是她又悄悄走回房间，说道："商店已经不卖你要的那种内衣了，亲爱的。"

"你说什么？商店不卖了？什么意思？"

格瑞有点儿害怕了，因为她知道丈夫的坏脾气："内衣店里的款式多的是，但没有你要的那种长过膝盖的，没有长内裤卖，也没有羊毛连体式的卖。我去过好多店，它们都不再进那种货了。"

特雷斯里克欲言又止，过了一会儿说："他们是怎么搞的！你倒是告诉我呀！"吃早饭时他一遍又一遍地唠叨着，直到后来看到报纸上的一则军用品商店的广告。他把拳头狠狠地砸在报纸上："我敢打赌那里肯定有卖的！"

"但那些店都在伦敦呀。"他妻子说道，"不行的话我给你织一套吧。"

"废话！我要去那里买,对,就去那儿！"

"去伦敦买？"他妻子轻声说道(特雷斯里克得意扬扬地又一拳砸在报纸上),"可你从没出过远门,没离开过威尔士,达菲德,你连庞特普利德镇都没去过几次,战后你也就去过两次而已。"

他一听,有点儿火了:"我从没离开过威尔士？告诉你,我们结婚前的那个夏天我就去过伦敦,那儿空气混浊,简直无法呼吸。但是如果只有在那儿才能买到我需要的内裤,我冒死也得去,你说呢？"

格瑞咬着嘴唇:"万--军用品商店也没有你要的内裤呢？伦敦那地方太时尚,这种款式不一定有。"

"要是连这么好的内裤都不卖,还时尚个屁！"特雷斯里克大声说道。他妻子吓得不敢吭声,因为跟他争也没用。不知怎的,想到丈夫要去伦敦,她心里觉得非常不安。

第二天一早,天还在下雨,特雷斯里克坐上了去伦敦的头班车。雨下得不大,用不着防水衣和防水帽,所以他就只穿了件防水毛衣。雨水画着弧线打在他的头上,使得光光的头皮闪着微弱的亮光。

车上人很少,但是一进入英格兰,人马上就多了起来。到了八点半,火车已经停靠了好多站,上班的乘客纷纷挤上了火车。

特雷斯里克很愚蠢地下去买了个三明治,等他回到车上时,座

105

位已经被一位抱着孩子的妇女占了。此时车上已经挤满了人,个个身上湿乎乎的,操着陌生的非威尔士口音交流着。

"天气真糟糕,是不是?"

"是啊,绝对是,真烦人!"

"不像上周哟!"

"别抱怨了,毕竟上周天气还不错。"

"那倒是!"

"没什么好抱怨的。"

但人们还是在不停地抱怨。特雷斯里克把额头靠在窗上,看着伦敦外围诸郡的广袤大地慢慢消失在视野中。外面的雨其实不大,温和而优雅,打在满是灰尘的窗户上,留下一道道美丽的斜条纹。在他看来,这一切简直就像神话。

火车到了下一站,他眼睛盯着窗外雨中奋力挤向出口的人群。他们大多穿着皱巴巴的薄裤子和短得有些寒酸的巴拉西厄式夹克,一个个拿出雨伞,撑开后奋力往前走。

"呸,打什么雨伞!"特雷斯里克心想,"这点小雨,有必要像乌龟一样长个壳,或像垃圾箱一样顶个盖子吗?"又有一批乘客用力挤上车,车厢过道里的人群越来越拥挤,就像罐头里的沙丁鱼一样。在他左侧,一位时髦女郎穿着一条带着大大衬裙的宽下摆裙子,一人占据了很大的空间。她鞋跟很高,所以双脚不时地交替休息,裙子时不时就顶到特雷斯里克的小腿上。在他右边,一个西装革履戴礼帽的男子老是想把雨伞上的水抖掉,结果把水都溅到特雷斯里克的鞋上了。过了一会儿,他身子猛地压在特雷斯里克的身上,西装纽扣蹭在特雷斯里克的毛衣上。他友好地对特雷斯里克笑了笑,说道:"天气真糟糕啊!"

特雷斯里克想到了自家的地,干得跟沙漠似的,鸟儿在地里的西葫芦上拼命地啄,期望着能挤点水分出来。他紧贴着那人的脸吼道:"这有什么不好呀?"

车厢内有百来位乘客,呼出的气弄得车窗都模糊了,凝结成水珠顺着玻璃往下流。过道里很热,特雷斯里克的防水毛衣非常燥热,散发出一股死羊般的臭味。那人鼻子抽搐了一下,上嘴唇气得鼓了起来,鄙视地看了特雷斯里克一眼,猛地抬起手腕,一份报纸蹭过特雷斯里克的湿毛衣,留下一道油墨的痕迹。

这时,火车到了伦敦的帕丁顿车站,车身猛地一抖,穿高跟鞋的女子一个趔趄,高高的鞋跟像长矛一样刺中了特雷斯里克的脚。

他一瘸一拐地走出车厢,感觉就像酒吧快关门时被扔出大门的醉鬼一般,满眼幻觉:每个穿西装的人影都幻化成两个、三个、四个影子,每一把伞看上去都像一片雨伞森林,十几列火车同时走出一个个一模一样的人,每人都长着三条腿:左腿、右腿和雨伞。

特雷斯里克吓得半死,怔怔地站在了通往地铁的扶梯口。放眼望去,人群像潮水般沿着自动扶梯往下行。他转身想逃,可身后汹涌的人潮挤着他只能朝一个方向走。

他随着人潮上了地铁，这是一个他从没见过的怪物，像一条红蚯蚓般蜿蜒前行，将他带到从没想过要去的地方。他眼睛死盯着窗外的广告，突然他看到一名穿西装戴礼帽的商人，商人挥动着雨伞，嘲笑地看着他，让他"每晚喝阿华田"。

"我才不要喝呢！"特雷斯里克抽噎着说道。

到了查令十字街站，他随着人流下了车，顺着楼梯朝有灯光的方向走去，但他怎么也甩不开左右及身后推着他往前走的身着黑西装的三条腿怪物，而且因为彼此靠得太近，他觉得浑身不自在。

好不容易挤出了车站，来到户外呼吸新鲜的空气，沐浴着沥沥秋雨，他仰起头看着天，心中感谢这温和、舒适、凉爽的雨滴滴在自己的鼻子上、脸上和光光的头皮上。他不知道自己现在身在何处，但至少自己在外面，在雨中！

突然"砰"的一声响，差点儿把他吓得叫出来。他侧身看到一名妇女打开一把套筒式的自动伞。"这可是新发明！"她说道，边走边大声笑着，"这玩意儿可真好使！"

环顾四周，身着黑色西装的人个个撑开雨伞放在身前，感觉就像是北欧海盗用的盾牌。特雷斯里克感觉自己再一次变成了凯尔特人，一名黑眼睛的凯尔特农民。看到这些身着黑色西装、撑着盾牌模样雨伞的现代都市人，他想起了1200年前的历史。远处的建筑物笼罩在薄雾之中，宽阔的泰晤士河蜿蜒流淌着，成群的"北欧海盗"从查令十字桥上走过。风掠过河面，吹着一面面撑开的雨伞，人们把头深深埋进伞下往前走。当特雷斯里克转过头来想问路的时候，身后的那个人正使劲把伞拉向自己头部以防淋到雨。伞骨尖刺刺到了特雷斯里克的光头上，他的头皮被划开一道深深的口子。

剧烈的疼痛使得他彻底失去了理智。

他大吼一声，愤怒地抢过那人的雨伞，用力将伞身扯碎，然后抓着伞把，对着桥的护栏一遍又一遍地用力抽打。

"喂，你怎么回事？"伞的主人大叫道，雨水不断地打在他的礼帽上。当他穿戴整齐来城里上班的时候，雨伞就是他身体的一部分，就像腿、手臂或鼻子一样。他无法容忍雨伞被人损坏的事实，一气之下抄起手中的提箱砸向特雷斯里克，把他逼到护栏边上。

两人开始扭打起来，喘着粗气挥拳砸向对方，两人扭在一起朝着金属护栏滚了过去。正好一列火车从桥上驶过，穿过格栅状的钢梁，引得大桥不停地震动。车上睡眼蒙眬的乘客透过有着雾气的车窗，看到了"北欧海盗"与"凯尔特人"之间的殊死搏斗，可还没等他们搞明白是怎么回事，火车已经呼啸而过。大桥人行道上行色匆匆的路人小心地避开他们继续赶路。有些人听到他们的叫声后回头张望，但也看不出什么名堂，只看到丑陋的大桥护栏以及远处纷飞的雨点。他们摇摇头，心想，肯定有什么误会。谁也没想到他们会从桥上一头栽进冰冷的泰晤士河里，嘴里还大喊着"雨伞"。

在接受调查时，没有人能够解释为何达菲德·特雷斯里克大老远从威尔士赶到伦敦来谋杀古德弗雷·普可克。普可克先生一向举止文雅,是一名单身的银行经理,在一家银行已经工作了整整三十年。难道两人是为了女人而打斗,抑或是一起犯过罪然后吵翻了?媒体和警察们都在猜测,但怎么也无法下结论。

普可克先生的秘书到他家来帮忙收拾东西时不停地抽噎着。当她看到大厅一角那结实而高贵的衣架时,她感到非常伤心。在她的印象中,可怜的普可克先生一直是带着雨伞上班的。她用手轻轻地抚摸着衣架上用来放雨伞的弧形木篓,然后将家里的每一件物品仔细登记清楚,让经纪人把所有物品都变卖,将现金寄给了他远在澳大利亚的弟弟。

★ ★ ★

修女这时已经打开钱包。"好可怜的人呀!"她哭着说道。

"真是个无辜的受害者!"MCC 伤感地说道。

"不,不!可怜的特雷斯里克!真是为他的坏脾气所害啊!对于某些人来说,坏脾气简直就是个恶魔!这个衣架多少钱?如果不太贵的话,我买了,但你得给我送货。以后每当我看到它,都会想起这两个可怜的人,并在心里为他们祈祷。"修女说道。

"你问问波维先生售价多少吧。"MCC 说道,话中听不出一丝一毫的怨恨,"我们当中他最像生意人了。"

克莱夫叔叔愣了一下,那神情就像剧院里的舞台管理员突然发觉聚光灯照着自己一样。他摘下帽子慢慢举到修女面前,然后又收回到自己胸前,好像充满歉意地说:"不收钱了,卖给您这样的女士不应收钱。如蒙您收下它作为我们送给修道院的礼物,我们将感到非常荣幸。我下午就亲自给您送过去。什么都别说了,谢谢您,真的很感谢!"

这位身材小巧的修女充满感激之情,克莱夫叔叔给她开了门,弯腰行礼目送她走了出去。"噢,波维先生,你头上的抓痕好难看。"修女满是同情地说道,指着克莱夫叔叔光头上的红色印记。

埃尔莎把手放进 MCC 的手心。他握着她的手说道:"我得走了。"

"不。"她说道,"你不许走!"克莱夫叔叔送走修女,转身回来,埃尔莎鼓足勇气对他说:"叔叔,我不想让博克夏尔先生走。他来了之后,店里的生意好多了。"

克莱夫叔叔这时又把帽子放在胸前,另一只手摸着他的光头。他朝 MCC 看了一眼,但没有直视他的双眼,那眼神就像泰晤士河水一样深邃而危险。他轻轻地迟疑道:"哦,好,小丫头,我再想想……没想到小家伙这么喜欢他。奥德莉,你为什么不告诉我小丫头喜欢他呢?最好让他在这儿再干一段时间,看看情况再说吧。"

"那好吧,克莱夫,如果你不反对的话。"波维太太说道,"把你的箱子拿到屋里来吧。"

"好的,但我待不了多久。我很忙,不能因为社交访问而耽搁太久。"

"太遗憾了。"另外三人齐声说道。

那天下午,MCC帮着克莱夫叔叔去送货了,波维太太帮着整理了一下MCC的书架。

"你在干吗呢,妈妈?"埃尔莎说道,"你知道我不喜欢你爬扶梯的。"

波维太太靠在扶梯上,把身体稳住,把她从下面书架上整理出来的浪漫爱情小说一本一本地放到书架顶层最远的角上。然后,她低头看着女儿仰起的越来越漂亮的小脸,说道:"不要太崇拜博克夏尔先生,好吗宝贝?"

"为什么呀?因为他对修女编故事吗?在目前情况下,我觉得这不是坏事……"

"不是,宝贝。不是因为他对修女编故事了,我已经习惯他编的故事了。我就是不希望你过于沉浸在这些故事中,仅此而已。"

"为什么不可以呢,妈妈?"

"别跟我争了,埃尔莎,听话,我的乖女儿。"

第八章

镜子：
都是虚荣心惹的祸

整夜,克莱夫叔叔都郁闷地回想着自己对那位修女的慷慨,越想越觉得后悔。第二天早晨吃早饭时,他"啪"地将一张十英镑的纸币扔在波维太太的面前,尽管将手挪开时,他看上去相当痛苦。"这是衣架的钱,奥德莉。我可不想看到你做生意赔钱。"他说。

"真的不必了,克莱夫。你那样做很慷慨。我只希望如果我是你的话,我也能那样做。"

"我敢说你肯定会。但是,我不允许再有这样的事发生。我看过你的账簿,这个店被你弄得一团糟。价钱低得一塌糊涂,商品的售价与进价相差无几,你的利润呢?这样做是不行的,奥德莉,绝对不行。要么有点儿进展,要么就别再做了——这是我的座右铭。就是这样,要么有点儿进展,要么就别再做下去了。"

店门外传来的响声打断了他无聊的说教。波维太太急忙跑去开门迎接今天的第一位顾客,尽管这时离开门营业还有一段时间,但她从不拒绝任何一桩生意。

门口来的是一个年轻的女孩,她穿着颇为时尚、但又很不合时宜的衣服——一件露肩T恤,一条紧身裙子,下面穿着打底裤和黑色平板球鞋,胸前挂着几串难看的水钻饰品。她还戴着一副墨镜,全然不顾这个三月早晨的昏暗,也不管自己已经身处室内。在她身后的街上,她年迈的父母跟跄着匆匆赶来。

波维太太开了门之后,突然注意到MCC的板球裤和绿外套叠得整整齐齐,放在大黄铜床的床尾。她这才意识到MCC还没起床。

那女孩大摇大摆地绕过波维太太,走进商店,在店里闲逛着,透过深色的墨镜片打量着店里的商品。经过那个大衣橱时,她在那面巨大的镀金边框的镜子中看到了自己的身影。那面和商店橱窗一样大的镜子几乎碰到了天花板,古老斑驳的镜面周围点缀着嬉闹着的小天使和雕刻粗糙的花束。它又大又没有品位,在埃尔莎的记忆中,它一直立在小店的某个角落,暗淡的金漆在周围更实用的家具的买进卖出中一点点剥落。

那女孩双手叉腰,欣赏着自己在镜中的身影。许久,她才意识到自己身后的黄铜床上有一个年轻人斜倚着,在读一本名为《无声的尖叫》的书。

"今天是我的生日。"她故作威严地说。他抬头祝她生日快乐,又继续看书。"我能得到任何我想要的东西。"她炫耀道,"我就要这面镜子吧。"

115

她的父母上气不接下气地冲进店里，替女儿这么早前来打扰而道歉。那位母亲看到 MCC 的时候惊讶得叫了一声，不过由于他本人看上去并没有受到困扰，仿佛在一家古董店里睡觉是再平常不过的事，她很快感到自己有些窘迫。"你看，亲爱的，这东西不怎么实用，对吗？"听到她女儿买镜子的想法，她用带着些许溺爱的语气说道。

"我就要这个。给我买。你说了我可以随便选的。"

女孩的父亲略带歉意地向波维太太、埃尔莎和克莱夫叔叔笑了笑。"当她想要一样东西的时候……"他不安地开口说道。

"我要！今天是我的生日，不是吗？这只是面不值钱的镜子。我本可以要求给我买比这贵得多的东西。"

"是这样没错，亲爱的，但是……"

"那我就可以买喽？"

"可它太大了，亲爱的安吉拉。"

"还那么丑。"她的母亲低声说道，不想冒犯店主。

"你母亲说得对，你该知道……"波维太太开口道。

"好了，奥德莉，闭嘴。"克莱夫叔叔插话道，"这不是我们该干涉的。"他能轻易地辨别出这场交易有十足把握。

"不要不讲理，安吉拉甜心。你不会真想要这种又大又丑陋的东西吧？"那位父亲唐突地说道，他的声音微微颤抖着。埃尔莎从他泛灰的脸色和布满皱纹的脸上看出，他曾无数次屈从于他那被宠坏的女儿。

安吉拉握紧了拳头,用力击打大铜床的床尾。整个店中充斥着诡异空洞的共鸣声,就像管钟的声音。"你们又冷酷又小气,我就是要这东西!"她喊道。

MCC 翻了个身,将头支撑在另一只手上,继续着自己的阅读。他手臂上晒黑的肤色与肩膀处的雪白形成鲜明对比。他默默地打了一个哈欠,这动作让安吉拉的怒火彻底爆发。她一边斜睨着镜中自己发脾气的戏剧化效果,一边扑倒在床尾,使劲捶打着床单。MCC 小心地将腿移到她的攻击范围外,继续看书。店内回荡着女孩的哭泣声、尖叫声,以及不断的指责:"我就要这个!你们从来不给我想要的任何东西!你们又小气又卑鄙,我恨你们!你们毁了我的生日!"

"她真正需要的是结结实实的一顿打。"克莱夫叔叔不满地嘀咕着,但是看到那位父亲不情愿地掏出钱包的样子又戛然而止。"人们怎么宠孩子是他们自己的事。"他这样想着,起身在镀金边框的大镜子后面寻找价签。奥德莉肯定把价格定得太低了。

看到父亲的钱包,安吉拉顿了顿,喘着气。"那么,如果你真的打心底里喜欢的话……"那可怜的父亲说道。看起来他感到十分丢脸,精神几近崩溃。

正在此时,MCC 看完了书,将它"啪"的一声合上。那响声使每个人都吓了一跳。"想听听这镜子背后的故事吗?"他问。

"现在不是讲这个的时候，小子。"克莱夫叔叔过于急切地说道。

安吉拉的母亲咬紧了下唇，眨眨眼，想忍住羞愧的泪水，微微摇了摇头。她只想尽快逃离这个地方。

"我觉得现在讲故事没什么必要，MCC。"埃尔莎说。

MCC耸了耸雪白的双肩，俯身从趴在床上的安吉拉身下拽出自己被揉皱的衣物。

"可是我想听。"生着气的女孩说道，她起身对镜调整着自己生气时噘嘴的表情，"这镜子是打哪儿来的？它以前的主人是谁？"

MCC后仰躺倒在床上，双臂放在脑后。"就让我来给你讲一个完整的故事。"他说道。

★ ★ ★

犹思泰莎·戴尔站得离镜子很近，近到呼出的气息在镜面上留下了一片雾气，模糊了她在镜中的身影。她不耐烦地擦去了那片水汽。

"你真美，犹思泰莎！嫁给我吧，不然我的生命将了无意义。我将踏上战场，用身体抵挡刺刀！"

犹思泰莎眨了眨眼，略带神秘地一笑，试图不让嘴角上扬，就像蒙娜丽莎一样。

"你让我的生活充满甜蜜,却也痛苦到无法承受。你为何不安抚一下我受伤的心灵,允许我在你身边陪伴一生呢,世上最甜美、最可爱的女孩?"

犹思泰莎微微抬眼向上看。很好。是的,这表情非常好。下眼睑细细的一圈白色给她加上了一种受惊的小鹿般的眼神。如果她的气息不在镜子上形成雾气就好了。

"噢,可是不行啊!那位穿着貂皮斗篷、戴着蓝绿色手套的艾利斯贵族小姐将成为你的妻子!她比我更配得上你的军衔和地位!"她呢喃着,镜中的女子看上去端庄而无私,几乎令人心碎。

"不,不!我太傻了,我竟然曾经认为自己喜欢她!是你!我爱的一直都是你,犹思泰莎!如果你不嫁给我,我就要独身终老,直到我受伤的心停止跳动!救救我吧!至少告诉我,我还有希望!"

"可怜的人。我难道真的深深伤害了你吗?我单纯的心无法说明我究竟是否爱你。不不,或许只有一个吻可以告诉你我的心意。"

"你是说……真的……像你这样的天使真的会从天堂下到凡间来亲吻我这种凡人吗?"

"是的。事实上,我也渴望这么做!"

犹思泰莎噘起嘴,闭上眼,脸颊和嘴唇留恋般地从玻璃镜面上滑过。幸运的长官能得到美若天仙的犹思泰莎的一个吻,她想他在此时或许已惊讶得说不出话来了。她向后退了一步,欣赏着自己穿着白色薄纱的派对小礼服的身影。

"犹思泰莎！你跑哪儿去了？客人们要来了！"抱怨的语气从楼下传来。此时犹思泰莎正在母亲的卧室里穿着长筒靴，摆着各种姿势，寻找着最佳效果。

她从老式的有四根柱子的床上拿起太阳帽，将细丝带系在下巴下。不不，戴在脑后更好，让这帽子搭在她肩上，帽檐像一圈光晕一样衬在脑后，白色的丝带紧贴着她优雅纤长的脖颈。那看起来似乎漫不经心的样子，就好像她刚刚跑进花园，没有想到会有任何客人来访一样。她捏了捏脸，给脸部柔软却显得苍白的肌肤增添了一点儿血色。然后，她戴上长长的白色手套，下楼去参加花园派对。今天是犹思泰莎的生日。

从昏暗的大房子走出来时，她在露台顿了顿，让眼睛习惯一下外面刺眼的阳光。客人们大多是走来的，都是些邻居，他们一致认为在一个阳光灿烂的日子穿过草坪或公园来到银行家的家里是件惬意的事。他们还没有互相打招呼，三三两两以家庭为单位站着，就像一摊摊奶油等着被调入咖啡：有阿布斯诺特夫妇和他们的儿子哈里，麦克馨阿姨和格洛丽亚表妹，一些和她父亲有工作往来的平凡人，成为寡妇的两姐妹和她们可怕的房客——一位邮局职员，犹思泰莎的校友和她们的兄弟们。犹思泰莎焦急地左顾右盼，试图越过他们看到别的什么人。

但是没有别人。没有穿着制服的身影，没有灰色的晨装，没有像罗切斯特在《简·爱》中穿的那种及膝长靴，没有留着胡子的俊美脸庞,也没有拜伦式的深色鬈发垂在猎装的领子上。没有这种人。犹思泰莎什么兴致都没了。来的大都是她认识的人,即使是那些不相识的人,她也觉得在他们身上连花费五分钟都不值得。

她的校友介绍了各自的兄弟。有个叫乔治什么的,还有一个乔登什么,以及泰迪·皮科斯和亨利·布洛克。没有一个人超过十七岁。只有威廉·平沃比她高,但他的身体十分瘦削,看起来像个"纸片人"。

犹思泰莎这样想着,心中暗骂着自己的朋友,浪费时间带来如此没用的兄弟们。

"生日快乐,我说!"说话的是那位邮局职员,"我想你可能会想要……"他将一束花塞进她手中。

"哦,是啊是啊。"她说道,可是心中却寻思着,"真是毫无价值的花。我一点儿都不喜欢菊花。天哪!千万不要告诉我他爱上我了。他怎么敢这样厚颜无耻……"但是那位邮局职员看上去并没有爱上犹思泰莎。在一段长长的沉默后,他慢吞吞地走向饮料区要了一杯啤酒。

"请见见我的哥哥尼格尔。"玛丽说。

"今天天气真不错,不是吗?"尼格尔说,伸出一只手要和她握手,"真该有更多像这样的日子,对吧!"

"他的牙向外翻,而且外套的袖子太短了。"犹思泰莎这样想着,以最快的速度抽出自己的手,"真是个讨厌的男生。"

她坚决排除了泰迪·皮科斯。虽然,五六年内他的身高应该比较可观了,而且如果留些胡子的话脸也长得还可以,但是犹思泰莎早早把他剔除在外的原因是他的姓氏:他的姓实在是太滑稽了①。"犹思泰莎·腌黄瓜",哈哈!哪个正常的男人会让自己的妻子改成这样一个难听的姓氏?没有把他们的姓改得正常些这点充分显示了他父母农民的本性。

　　"啊,你穿这裙子简直太美了。"一个声音在她身后响起。犹思泰莎急忙转身,希望像热气球一样迅速飞升。

　　"哼,是你啊。"她没好气儿地说,"爸爸妈妈邀请来参加派对的人怎么素质都这么低呀!"刚才说话的是哈里·克莱博,这人很一般,也不风趣幽默,脸上还起着疹子。

　　"得了吧!别这么刻薄!我不就是以前说过你的发型看上去像螺丝和螺帽缠绕在一头鬈发中嘛,调侃一下都不行吗,老朋友?"

　　犹思泰莎几乎要哭出来了,她过生日时理应更开心,她的期望值多高啊,可是她又一次失望了。这不是她想象中能让自己遇到真爱,并让他为自己倾倒的派对。这儿甚至没有一个人值得交往。他们的平庸本身就是对她的侮辱。她根本不会请这些……这些人模狗样的人参加她的婚礼,那样会让婚礼煞风景的。她为什么要费那么大功夫把自己打扮得漂漂亮亮的,面对的却是这些起着疹子、笨

---

①译者注:皮科斯在英语中有腌黄瓜的意思。

拙又瘦弱,甚至鸡胸的普通男生以及他们毫无价值的家族呢?她的真爱何时才能降临呢?

"你对客人们不怎么上心呀,亲爱的。"她母亲说道,"或许小一些的孩子会想跳舞。赫伯特表哥带来了他的小提琴。乡村音乐或许不错。"

"天哪,妈妈!乡村音乐!你什么时候才能意识到我已经十六岁了!我现在该与军官和绅士们在舞会上跳着维也纳华尔兹,而不是像一个乡下人一样跳着谷仓舞!当一位年轻的女士和一群小孩子在草坪上重重踩踏着的时候,她怎么能显得优雅呢?这派对糟透了。每个人都又讨厌又沉闷!"

她的母亲目送她匆匆离去的背影,心中开始渐渐怀疑自己是否养育了一个虽然外表美丽但很不讲道理的女儿。

犹思泰莎对此有不一样的认识。她完全没有意识到自己的傲慢和讨人厌。但是犹思泰莎心中明白,当一个配得上她的爱人出现时,他将揭示犹思泰莎真正的个性,那个魅力四射的,那个安静、慷慨、亲切的犹思泰莎·戴尔。她隐藏的智慧最终将使全世界都感到惊喜——"我们从来不知道犹思泰莎有这么好的口才!"她发自内心的谦逊会使所有人对她的厌恶都烟消云散。哦,是的,到那时,她对别人会温柔而体贴,甚至是对有着滑稽姓氏的泰迪·皮科斯和满脸疹子的哈里·克莱博也如此。

如果有一丝小小的质疑,哪怕只短短的一瞬,让她怀疑自己是否真的和她生日派对上那些平庸的人一样不起眼儿的话,她总会跑到她母亲的卧室去,照照那面巨大的镜子。那镜子(当然,还要附带一些想象力)总能让犹思泰莎确定自己将命中注定被人们崇拜和爱慕。

然后,他出现了。

他在公园的那头儿租了一间公寓,准备住一个夏天。他是一个作家,写些诗文小说,不是为了挣钱养活自己,而纯粹是为了避开贵族生活。他的名字叫德·柯西,三十岁,有着黑灰色的头发和与他的外套一样整洁的胡子。他每天早饭之前都会骑着一匹红棕色的马在公园周围散步。有传闻女人们曾爱他爱得死去活来。

对犹思泰莎来说,为爱而死不太可能。那位年轻人被妈妈邀请来家里吃晚饭,他也同意了。这下他的麻烦大了。

"啊,我得让他为我着迷!"她一边穿上自己的西班牙风格蕾丝裙,一边对着镜子说,"我得将头抬在这个位置,然后让我的披肩滑下肩膀一两次,让他能欣赏到我的风采。"她练习着。"我会对他说,'德·柯西先生,我十分仔细地阅读了您的小说,但是我觉得它们缺少了些热情。我说,您真的体会过爱情的滋味吗?'说不定我可以在女士用餐完毕退场的时候从他身边经过。天哪,他会迷上我的!以后,当他在伦敦被邀请去参加舞会时,他会带上我,和我跳舞,而不是她们,直到那些贵妇人和小姐妒火中烧,直到演奏的乐队也为这场景而倾倒!让我想想,我们的第一支舞该跳什么呢?对了,当然是一曲华尔兹！就这样,每当他听见华尔兹的音乐,他的手臂就会条件反射般地举起,想起将我揽在怀里的感觉！'犹思泰莎,在遇见你之前,我的生命空虚一片！感谢上苍让我遇到了你,将我从绝望的深渊拯救回来。从现在起,我的所有诗文都将歌颂你的双眼。请与我共舞,那音乐是从我内心发出的旋律！'"她向前踏了一步,迎上自己在那巨大的镀金边框镜子中的镜像。她的身后似有一群小小的爱神丘比特围绕着她,用喇叭吹奏着胜利的曲调。

她的镜像看上去几乎是愁眉苦脸、若有所思——十分迷人,但是或许有些太过严肃。微笑确实是犹思泰莎的招牌。嗯,就来练练这个。镜像亮出了她漂亮整齐的牙齿,但那看上去根本不像一个笑容。犹思泰莎又试了一次。"天哪,不行！那肯定行不通,犹思泰莎！刚才的笑容恶狠狠的！"她抬起手摆出跳华尔兹的姿势,将手掌按在冷冰冰的镜面上,享受着刚才想象中的情景。她的镜像当然也靠近了,进行着完全一样的幻想之舞。犹思泰莎闭上了眼睛。

她几乎能听到音乐声,就像隔着一条长长的走廊或一堵墙。她甚至能感受到那诗人带着凉意的脸颊触碰着她的脸,他的心在她所能感受到的地方跳动着,他的手紧紧握着她的手——是冷的。天哪！是冰冷的！

令她奇怪的是,睁眼的一瞬让她心烦意乱。虽然她知道自己感到了恐惧——深深的恐惧——但她在镜中的脸上竟没有害怕的神情。它只是带着她那灿烂的得意扬扬的笑容——她的招牌微笑,她的制胜法宝。

镜子上没有因她呼出的气息而产生雾气。

她试图远离那面镜子,手上却一紧。她的镜像像是有了生命一般紧握着她的手,硬生生将她扯向那冰冷的镜面。光滑的镜子像水面一样微微泛起波纹,她渐渐陷进那片如同沼泽般的银色中,越是挣扎,就陷得越深。她清晰地体会到那滑腻的银色物质包裹着她的感觉,就像是沉重的水银一样将她裹在里面。她惊恐地想转身,想抵抗,却无力地被那无形的敌人推进镜子的更深处——一个更加寒冷和黑暗的地方。紧抓着自己的手突然松开,她只隐约瞥到那个和自己极为相似的身影一晃而过,灵活地游到镜面,消失了。周围的空气仿佛静止了,就像是身处真空,她张嘴想大声呼喊,却一点儿声音都发不出来。她的双手空空如也,她的脸颊不再紧贴自己迷人的镜像,她甚至感受不到自己的心跳。她所处的环境是如此冰冷,冰冷得让人几乎窒息。在这无声的恐怖中,连时间的流逝都显得那样黏稠。

母亲的卧室看上去阴暗而遥远,仿佛她正透过一扇肮脏的窗户观察着它。她的披肩还放在床上,但是已不再触手可及。就像是一个溜冰者掉进冰窟窿以后,惊恐地看着头上的冰层渐渐封住了一切……

"那孩子哪儿去了?"戴尔夫人问道,"真是抱歉,德·柯西先生。我实在不知道犹思泰莎怎么这么晚还不下来吃饭。"

"或许你该上去把她带下来,莫莉。"她的丈夫说,"她大概又在做白日梦了。"

但戴尔夫人刚走到走廊口便看到女儿在楼梯拐角处出现了:"你去哪儿了,犹思泰莎?晚宴快要开始了,而且德·柯西先生也来了。"

"对不起。"她说,却没有继续说下去。事实上,她整个晚宴过程中都一样沉默,只在中途开口问德·柯西先生在租来的房子里住得是否开心。母亲问她是不是不舒服,因为她似乎不像原来那样活泼而傲慢了。她看上去当然很不错:她的头路换到了另一边,和以前不一样了,却显得更加迷人。

"犹思泰莎,你弄伤了自己的手吗?"

"没有啊,妈妈。怎么了?"

"没什么,只是你在用左手拿勺子……"

"很抱歉,妈妈。我没有意识到这样做不对。希望德·柯西先生不要觉得我很奇怪。"

德·柯西先生没有这么认为。对他来说,能远离那些热情却自以为是的女人是个很不错的选择。饭后,他甚至还给这位漂亮而安静的戴尔小姐看自己最新创作的诗集,但让他感到不安的是,她竟然是倒着看的,手指从右向左划过那一行行字。和谦虚或胆怯的女孩一样,她常常垂着眼帘,只有一次,他看到她那双眼睛正盯着他。和她的眼神一相遇,正在喝咖啡的他不幸被呛到了,因为他似乎在她的眼眸中看到了一幅倒影……是他，没错，但背景却不是他们现在所处的客厅，而是在一个大房间里，能看到一张老式的四柱床。他额头上沁出了一层冷汗。

一周后，一则有关私奔的消息震惊了所有人，比地震的效果还强烈。公园另一头儿，租出去的那间公寓空空如也。那位神秘而迷人的德·柯西先生消失了。

随他一起消失的还有银行家的漂亮女儿。她失魂落魄的父母一遍又一遍地说，如果女儿曾经提起过这段感情的话，他们将很乐意促成这门婚事。但是她没有。犹思泰莎只是说想到公园那边去把诗集还给德·柯西先生。而到了晚上，两个人却都不见了，再怎样寻找都没能找到。那诗人甚至连衣物都没有来得及整理就离开了。

有些人说他带着女孩去了意大利（就像那些年轻浪漫的诗人们经常做的那样），也有些人说他对南美洲的金矿感兴趣，乘上了去布宜诺斯艾利斯的船。唯一能确定的是，人们最后见到他们是在当天下午六点，在泰迪·皮科斯路过诗人家的时候。听到华尔兹音乐的声音，他停下来抬头看了一眼，正好看到德·柯西先生在楼上灯火通明的房间里和一位年轻的小姐在跳舞。"不过，他们跳的时候有点儿反了，不知道你们能不能理解。那小姐的左手和他的右手握在一起，就好像她跳的是男步。"

在女儿私奔以后，戴尔夫人变得焦躁而无精打采。她睡眠质量非常差，并且每晚都做同一个噩梦，吓得每次都把丈夫从睡梦中摇醒。据戴尔夫人所说,犹思泰莎在卧室的那面镜子里敲打着,她紧紧地将脸贴在玻璃上,直到整张脸都被挤压得扭曲变形。她不断地用指甲刮着那层玻璃,绝望地一遍遍喊叫着,别人却听不到一点儿声音。戴尔先生因此卖掉了那面镜子。"它一直都是个又丑又麻烦的东西。"他说。在此之后,他妻子再也没有做过那个梦。

"只有一件事让我感到欣慰。"戴尔夫人告诉自己的丈夫。

"是什么,亲爱的?"

"是这样的,在犹思泰莎小的时候,我感觉……怎么说呢,我总觉得无法像一个母亲应有的那样喜欢她。她是那样一个爱慕虚荣、自视清高的孩子,总是认为自己比普通人优秀很多。但是不知怎的,在我们相处的最后几天,我的意思是说在那位诗人来我们家吃晚饭之后,我却发现自己不由自主地开始喜欢她了,就那样自然地开始喜欢她。嗯,和之前完全相反。"

★ ★ ★

所有人都退后了一步,远离那面镜子,仿佛脚下的地面会突然像泥土一样四分五裂,让他们也身不由己地掉进那镜子泛着斑斑点点银光的幻象中,沉溺其中。

克莱夫叔叔第一个打破沉寂的局面。"胡说!"他说道,"一派胡言!我从没听过这么荒唐的故事!这东西一百镑,先生。"

"我不要了。"一个空洞的声音从床尾传来,安吉拉那被墨镜遮住了大部分,却仍看得出是苍白无比的脸出现在大家的视野中。她摇摇晃晃的,戴着墨镜的样子简直像一只鼹鼠。"我不要。我不要这面镜子。你们看!那上面全是斑点。我照镜子的时候,看上去就像出了疹子一样。"不过,当她说这句话的时候,她并没有看镜子。

"重新挂银是一件很容易的事情。"克莱夫叔叔从牙缝中挤出这么一句,"九十镑吧。"

"我改变主意了。"女孩说,凶狠地瞪着他。

她父亲收起了钱包,她母亲长长地叹了一口气。他们蹒跚着走出了商店。路过商店橱窗的时候,他们斜眼看了看店里,脸上带着些许歉意。

"哼,真是太好了。"克莱夫叔叔嘲讽道,语气冷冰冰的,"首先,你被解雇了。我从来没喜欢过你的这副样子。"

"得了,得了,克莱夫。"波维太太说,"我觉得他们本来就不会买那面镜子,即使博克夏尔先生没有讲那个故事。"

"不会买?不会买?"克莱夫叔叔眼中满是喷涌而出的怒气,他那因愤怒而发红的耳朵像是要和他气得发抖的脑袋分离一样。

"家具该去真正想要它们的地方。"MCC低头,有些哀伤地笑了笑,像是在对自己低语,"我也一样。"

第九章

拉盖书桌：
谁是凶手？

埃尔莎真想大发雷霆，可从 MCC 讲过的故事里她知道，MCC 不希望她这样。她生气的是，克莱夫叔叔一发脾气，大家就妥协了。她决定一言不发，以示自己的不满，便抓过躺椅上的一本书，用心读了起来。旁人看来，她像是在生闷气。还好，此时一辆警车停在店外，车上闪烁着蓝色警灯，大家也就不再相互较劲了。

三个警官走了进来，其中两个穿着制服。他们在店内一站，店门小得就像猫洞，屋里塞得就像狗熊伏在电话亭里。他们好像要记住看到的一切，不打招呼，也不介绍自己。

"先生们，这位女士，我们认为你们涉嫌收赃。我们四下看看，不介意吧？"

克莱夫叔叔已经回到了后面的客厅。波维太太发出刺耳的笑声，矢口否认。三个警官围住了那个黑发黑眼的男人，他从迷宫般的家具堆中现出身来，好像刚换好衣服要去打板球。"请问，您是谁？"一个警官问道。

"我？我叫博克夏尔，在这儿工作。有事儿吗？"

"您的住址？请您出示身份证明，有驾照、支票簿、工资单吗？"

"图书馆罚单可以吗？"

"不行。请问您的住址？"

"哦，这儿，我现在住这儿。"

"以前呢？您是哪儿的人？"

"噢，就是随便一个什么地方。"

警官脸上掠过一丝喜色，和同事交换了一个会意的眼神，记录用的笔停在记事本的上方，就像藏宝图上空悬着一枚幸运别针——这个人保准就是罪犯。"请问您的姓名？"他问道。

在他们身后，穿着短呢风衣的便衣探长打量着店里，突然如获至宝般地大叫一声，目光落在洗漱台旁边的玻璃书架上。"这条鱼，怎么回事？"他问道。

MCC很是坦然，他走到两个警官中间，向探长解释，说铁道边有个旧货市场，自己曾去那儿为店里采购。"是吗？"探长撇撇嘴，不屑地说，"人们都会这么说：'探长，我是在旧货市场淘到的，什么时候，什么地方，谁卖我的，不记得了。'"

MCC不慌不忙，深吸了口气说："这儿的这排书、摆书的书架、还有挺显眼的那条鱼，都是我从一辆红色的考提纳车上买的，车牌号带X，车主很敦实，带拉脱维亚口音，车后窗上有张很大的贴纸，

133

写着'我♥杜伯曼斯'。还有这些书,是从一辆改装过的蓝色双门货车上买的,当时我还买了一个细雕文具盒,车是利物浦的牌照。收据都在你后面拉盖书桌右手边最上面的抽屉里。可那个拉脱维亚人在信封背面只写了'现金收起(讫),塔,米老鼠',所以我留了个心眼儿,在信封上又记下了他的车牌号。"

探长冲向书桌,把抽屉翻了个底朝天。他想用电话,波维太太说当然可以,并问大家喝茶吗。结果是,在探长核对拉脱维亚人的车牌号时,两个警官半坐在弹力沙发上,一只手翻看记事本,同时还要照顾到另一只手里的茶杯和姜汁饼干。其中一个反应过来MCC的姓名只记了一半,正要再问,却见MCC一屁股坐在吊椅上,跷着二郎腿,手拿一把勺子朝拉开抽屉的书桌挥舞着说道:"其实,你们对这张拉盖书桌的来历可能会感兴趣。它可是一宗著名庭审案件的头号物证,要知道,那可是件命案。"

两个警官手中的茶杯在托盘上响了一下。埃尔莎看着手里的书,却没有读进去一个字。她瞥了一眼书脊,这本书叫《染血的记事本》。

★ ★ ★

"女士们,先生们,现在任何人不得离开房间。"法雷尔探长说,"这里发生了命案,必须要做笔录。特洛顿警长,可以记录了。"

"是，探长。"

屋外，海面上波涛汹涌，天上下起了雨，寒冷刺骨。他们待在这个偏僻的苏格兰农舍，听着窗外的雨声。疾风吹得电线都变了形，晃个不停。屋里的灯也晃来晃去。旁边的屋里，安格斯·考斯蒂克被人发现倒在合上的拉盖书桌上，胸口插着一把裁纸刀，手里攥着一张欠条。

客厅里，几个人呆坐着，一言不发。一个中年妇女，灰白头发蓬松地挽在脑后，手帕遮面，呜咽个不停："可怜的安格斯，我可怜的安格斯！"

"冷静一下，派克小姐。"探长说，"我保证我们很快就会把事情弄清楚。你知道，从星期五晚上到今天上午，大雪封路，我们到时外面没有走动的痕迹。所以说从那时候起，没有人进出过。我想我们完全可以认定凶手就是这个房间的某个人。"

派克小姐哀号一声，重又呜咽不停。其他人瞪大眼睛，用充满怀疑的目光彼此打量着：死者的侄子内维尔·考斯蒂克，膀大腰圆，不修边幅，酒杯不离手；恩尼德·考斯蒂克是死者的女儿；死者的秘书蒂莫西·格里波利是个侏儒，曾在马戏团当演员；温布利·普尔是死者的生意伙伴；还有贝蒂夫人，是死者的管家，躲在不显眼的地方，神经兮兮地用掸子不停地擦拭橱柜。外面，殡仪车拉着考斯蒂克先生的遗体开走了。

法雷尔探长把警长拉到一边，说："我去犯罪现场，在那儿逐个讯问嫌疑人。我一直认为犯罪现场会让罪犯变得神经质，更容易露馅儿。学着点，警长，说不定你也会做刑事侦查的。"他说话的时候，旁人几乎看不到他的嘴唇在动。

"好的，探长。"

"我有九成把握，凶手是死者的侄子。我会证明给你看的。"他穿过办公室那扇被撞坏的门，让警长坐在死者五分钟前坐过的地方。"你看，特洛顿，从上向下袭击胸部造成死亡，显然，袭击者身材高大，就这样！"

"是，探长。"特洛顿警长边说边把探长的钢笔尖从自己的领带上轻轻移开。

"谁能这么干？"

"温布利·普尔，要不就是内维尔·考斯蒂克，探长。"

"完全正确。死者手里攥的一千英镑的欠条是谁的？欠条昨天到期。"

"他侄子内维尔的，探长。"

"说得对，他欠老人一笔钱，还不起，就杀了他。"

特洛顿警长舔舔手指，去擦领带上的墨渍："探长，可门是锁着的，办公室的门从里面反锁着，是管家让内维尔把门撞开，否则没法儿进去，也发现不了尸体。房间没有窗户，凶手怎么逃走？"

"嗯。我还没下定论，警长。唯一可以彻底排除的嫌疑人是死者的秘书格里波利。他和考斯蒂克先生面对面站着，也够不着他的胸部。即使人家坐着,他也不可能刺中他的胸部。先叫他进来,警长。我得先从信得过的人下手,让他说说其他人,也说说死者的情况。"

"好的,探长。"

蒂莫西·格里波利被请了进来。他盯着书桌,表情十分痛苦,随后用大手帕擤了擤鼻子。他身高只到书桌最上面的抽屉,可他不费力气地爬上椅子(显然经过长时间的练习),面对着法雷尔探长,他看上去是真心想要帮忙。

"格里波利先生,您已故的老板为人怎么样?"

"唉!他和蔼可亲,慷慨大方,警官!"格里波利大声说,"严厉又不失公正,到哪儿我都这么说……不,我以前一直这么说。我知道有人不喜欢他,可自打我在这儿工作那天起,从他身上,我只感受到善良。他发工资出手也很大方,警官。"

"知道了。"法雷尔探长用钢笔敲着牙齿,"你说'有人不喜欢他',到底是指谁?"

格里波利看上去有些不自然:"我不爱传闲话。这里面涉及机密,我做的是机要秘书。"

"可这里发生了命案。"探长厉声说。

"要是这样,我可真不愿说。可你知道考斯蒂克先生的侄子内维尔一年前向考斯蒂克先生借了一大笔钱。我觉得他不想还这笔钱。"法雷尔探长会心地看了警长一眼。"之后,管家贝蒂夫人因为偷喝主人的雪利酒,偷盗家中财物,遭到主人警告。"警长的铅笔在纸上不停地记录着。"还有,我想考斯蒂克先生和他的生意伙伴普尔先生为账上某些反常的地方争吵过。就是说,普尔先生从公司盗用过钱款。恩尼德,就是他女儿,当然爱自己的父亲,可你认为,她若是发现父亲再婚后要变更遗嘱,不给她留下一分钱,她会对父亲怎样?"

"再婚?!你是说考斯蒂克先生要结婚?"

"是的,警官。他要娶派克小姐,就是哭的那位。说不出什么原因。古怪的女人。我有时候觉得她脑子不大对头。"

"谢谢你,格里波利先生。谢谢你。你给了我们很大帮助!请你出去和其他人一起等候,请管家进来。"

"嘿,警长!"侏儒秘书挪出破门后,法雷尔探长大声说道,言语中透着兴奋,"看我们掌握了什么线索,这么一大堆的作案动机!把你记的读给我听。"

特洛顿警长读道:

"内维尔欠债一千英镑,还不起;

贝蒂夫人因偷窃遭警告;

普尔先生曾盗用公司钱款;

恩尼德不再是遗嘱受惠人;

派克小姐与死者订婚。"

"我们可以把派克小姐排除掉,警长。而女儿如果在父亲更改遗嘱前除掉他,会从中获益。她挺值得怀疑的,是不是?"

"值得怀疑,探长。"特洛顿警长若有所思地说,边说边迈步走向拉盖书桌。他戴上手套小心地拉起桌盖,查看里面的各个抽屉。记事本上沾有深红色的血渍,令人生厌。"根据我有限的经验,探长,这类比德迈尔书桌有的会装有一种机关,能弹出暗屉。对了,就在这儿。"他抽出笔箱,压了压一段木珠,一个暗屉便弹了出来,纸张散落在血渍上。

"我看看。"探长大声说,"当心破坏指纹,警长!"

"不会的,探长。您看,这好像是侦探社的来信,与派克小姐有关,看起来考斯蒂克先生正在调查自己的未婚妻。没有十足的把握,任何人都不能排除嫌疑。"

"啊!贝蒂夫人!请进。关于雪利酒,我有些问题要问你。"

管家矢口否认喝过或偷过考斯蒂克先生的雪利酒,一口也没有。她还否认遭到过警告。"他确实爱发牢骚,他也放贷,可他从未抱怨过我的工作,从未怀疑过我的诚实。我说的都是实情。"管家说。

"嗯,"法雷尔探长在她走后说,"考斯蒂克先生死了,她怎么说都行,死无对证。"

派克小姐是死者的未婚妻。"是的,是的!我们订了婚,准备结婚。幸福就在眼前,可现在……现在……嗷!"又一阵泪水冲断了她的话语。

探长仰身而坐,一动不动,嘴角挂着一丝淡淡的讥笑:"那你知道你未婚夫雇用私家侦探调查你的过去吗,派克小姐?还是叫你派克夫人?考斯蒂克先生书桌里的这些信件读起来很有意思,夫人。"

派克小姐的手帕掉在地上,满是泪水的脸僵住了,像个惨白的面具:"既然你已经知道了我的底细,还要我说什么?他看了这些信件之后,好像变了个人。知道吗?他取消了婚礼。取消就取消,我还能理解,也能忍受。可他居然敲诈我的钱,否则就要说出我的一个小秘密。他说'你的钱可真不少',他还说'娶你就是为了钱'。太可恶了!"

警长从桌下捡起手帕,扶她穿过破损的房门,让她也在客厅里等候。回到房间,就听探长说:"就是她,是她杀的人。"

"您这么认为,探长?"警长边说,边戴上厚厚的黑手套,小心翼翼地依次打开书桌的每个长抽屉,拿出了些旧账本和撕得只剩存根的支票簿,"可您经常说,探长,敲诈一次,就能敲诈第二次。"他翻阅着那些存根。"或许,'WP',对了,这儿又出现了'WP'。每四周进账一次,入账人姓名的首字母是'WP'。您觉得会不会是考斯蒂克先生抓住了温布利·普尔贪污的把柄,也在敲诈他?"

法雷尔探长一拍大腿。"天哪,特洛顿!"他冷静下来,细致周到地掸掸夹克上的尘土,"他最值得怀疑,当然,还要劳驾普尔先生屈尊,进来一下可否?"语气中透着讥讽。

普尔先生跟跄着走了进来。他脸颊红红的,重重地喘着粗气,活脱儿一扇牛排。

"告诉我,先生,"法雷尔探长开门见山,"死者当时在敲诈你,是真的吗?"

警长费了一番周折才让普尔先生的咆哮消停。渐渐地,他安静下来,喘着粗气,懊恼不已。

"是真的。"普尔先生承认道,他呼吸困难,只能断断续续地说,"可我没杀他。"

"温布利·普尔,我宣布逮捕你,因为……"探长义正词严的逮捕令还没说完,就被警长突然一声干咳打断了。

"我能说句话吗,探长?"

"现在不行,警长,我正在宣布逮捕令……"

"我只想问下有关程序,探长。"

法雷尔探长有些慌乱,只好让普尔先生去外面等着,直到两个魁梧的警员一边一个和他坐在布沙发上,才不去看他。在办公室里,还能听到客厅里传来粗重困难的呼吸声。

"怎么啦,警长?"法雷尔探长厉声说。

"我刚才只是在纳闷儿,探长,普尔先生杀了敲诈他的人之后,是怎么离开房间的?您知道,发现尸体时,房门是反锁的。嗯,当然,这点不用我再提醒您了。"

探长双眼放光,用力跳了起来:"这一切我都弄明白了,警长!他躲了起来,直到发现尸体,然后趁乱溜了出去。"

"藏哪儿,探长?"

"这儿,特洛顿!他躲在窗帘后面。"

"普尔先生块头很大,探长。"警长说道。看着探长的啤酒肚透过窗帘露了出来,下面更是露出了那双黑袜子和皮鞋,他满脸怀疑。

"那就躲在这儿。"法雷尔探长有点儿暴躁,一溜小跑来到装饰用的中式屏风后面,躲了起来,"就像你刚进来那样,站在门口,现在能看见我吗?"

"看不见,探长。"

"就是嘛,屏风挡住了视线。"

"可我想,在一个寂静的房间,一定能听到普尔先生粗重的呼吸声。"

"见鬼!"

探长走出屏风,一屁股坐到一张满是尘土的旧椅子上,又骂了一句。他阴沉着脸,接着说道:"躲猫猫可以,可这是杀人。除了格里波利先生,每个人都有作案动机。"

"嗯。"特洛顿警长含含糊糊地应了一声。他回到拉盖书桌旁,从口袋里拿出一个很小的放大镜:"法医能派上用场,探长。刚才我发现这些头发时,便自作主张,给他们打了电话。"

"头发?!还沙发呢!别碰那张玄妙的桌子,警长。你会破坏现场的。"

"是,探长。"

"什么头发？"

"在锁具里面发现的，探长。跟考斯蒂克先生的头发不是一个颜色。当然，探长，在书桌的抽屉里有血渍，这说明桌盖在发生命案时是开着的，发现尸体的时候也没关上。"

"警长，你的推断很有趣。"法雷尔探长说着，用手摩挲着下巴，做沉思状，这与他眼神中的不满格格不入，"说下去，警长。"

"或许，探长，您现在想让格里波利先生回来？"

"那个侏儒？可他是唯一称赞考斯蒂克先生的人。"

"我们只是听他这么说，探长。"

"而且他的薪水也不低！"

"这是他的一面之词，探长，可书桌里的账本明明白白记着没有周支出或月支出。所以，格里波利先生的工作好像得不到分文报酬。"

"哦？"

警长走到门口，喊了声格里波利，侏儒秘书急忙走了进来，一副卑躬屈膝的样子。他满怀期待地注视着法雷尔探长，而法雷尔探长也注视着他。"哈，格里波利先生……"他陷入难堪的沉默。

"探长让我再和您核实几件事。"特洛顿警长说。

"嗯，是的！是这样！"探长说。他握拢指尖，摆出福尔摩斯的造型，坐在扶手椅上，准备好之后，说："开始吧，警长。"

"你是考斯蒂克先生的秘书，一定很熟悉他的书桌了。我是说他可能常差你从书桌里为他取文件、账簿什么的。"

"从抽屉里取,警官,是的。您看我的身高,警官,但最上面的抽屉我可办不到。"

"但可以肯定,格里波利先生,要是用一把椅子……"

"嗯,可能吧……我没被……我是说……他不差我的。您明白吗?"

"你想说,他不常差你,对吧?否则怎么会有你的几根头发挂在锁上呢?"警长问道。

格里波利用手拍了一下头:"哦,警官,对,偶尔吧。"

"格里波利先生,可能就那次,对吧?"警长把椅子用力推向书桌,示意格里波利先生演示给他看。侏儒爬到椅子上,身子前倾,去开最上面的抽屉。"为了够得到暗屉,格里波利先生,你差不多要趴到桌面上吧?"

"暗屉?我不知道什么暗屉。有吗?我肯定没看到考斯蒂克先生打开过什么暗屉。我肯定没……"

"好吧,打开那个笔箱。"警长插话说。

要打开笔箱(内藏暗栓),格里波利必须要在膝下垫上那个记事本,像登山运动员攀爬陡峭的山崖那样,身子前倾。

"现在,假定你就是在这儿,突然听到考斯蒂克先生走进来。当然,你知道考斯蒂克先生要是看到你乱翻他的书桌,一定会很生气的……"

"乱翻他的书桌？从没有过！"

"要找什么？对你不利的把柄？有什么东西让你义务为考斯蒂克先生工作，天天忙上忙下的？"

"他给我开工资的，我说过他付给我很高的工资！"

"账簿上可不是这么记的。你还没回答我的……探长的问题呢。假如你在这种尴尬的时刻被人打扰了，继续做岂不是比回头更容易？我是说爬进书桌，关上盖子，而不是跳下来，那样会有响动，可能被人发现，不是吗？"

"你胡说八道！你知道你在胡说什么吗？请您相信我，探长。这只是他一派胡言。"

"然后，考斯蒂克先生走了进来。"特洛顿警长开始了自己的描述，"随手锁上门，不想让人打扰，他看到书桌关着，就像他上次离开时一样。你当时希望他不要走近书桌。要是他只是开下面的抽屉，或档案柜，或者打个电话就出去，他现在还活着，对吗？可不幸的是，他想从顶层取东西。他打开盖子，我敢说他一时间没有看清眼前发生了什么，你就用放在记事本上的裁纸刀刺了过去。他的胸部离你也就几寸。很容易，不是吗，格里波利先生？"

"不不不！不是我！是普尔，是那个女人，或者是他女儿，不是我！"

"然后，你听到贝蒂夫人敲门，可你知道自己逃不出这个房间，于是就合上了书桌的盖子，在书桌里面等着，等到门被砸开，人们发现了尸体,在场的人都一拥而出去报警。这个时候,你毁掉了考斯蒂克先生用来敲诈你的所有文件。等到房内空无一人的时候,你才爬出来,合上书桌盖子,加入外面嘈杂的人群中。管家从没被警告过,是吧,先生?考斯蒂克先生的女儿也没有被排除在遗嘱之外。你只希望我们从嫌疑人中锁定罪犯。但你提供的信息太多了,格里波利先生。你要是只指证一两个人,可能效果会好些。这引起了探长的怀疑,格里波利先生。现在,探长想听听你还有什么可说的。"

"没有了!我无话可说!"格里波利喊道,"我要等律师!"他站在打开的书桌上,比普尔、内维尔、警长、探长都要高。探长从椅子上站起身来,怒火中烧。

"蒂莫西·格里波利!是你谋杀了安格斯·考斯蒂克,我宣布正式逮捕你。警长,打电话叫辆押解车。"

远处传来警笛声,特洛顿警长一小时前自作主张叫的押解车就要到了。犯人被关了起来。高高的窗户使囚室越发昏暗、冷清。

"把所有物证都放进塑料袋,做好标记,警长。"法雷尔探长搓着手掌,满意地说。

"是,探长。"

"推理,特洛顿,就是这么回事。推理过程很艰难。这种事你得讲方法,警长,匆忙下结论可不好。要是有一天你做了刑侦,你会明白的。"

"是,探长。谢谢探长。"

"没什么,警长。时不时给年轻警官提些建议,挺好的。要是你需要什么建议,尽管来找我。"

"谢谢探长,我谨记在心。"

★ ★ ★

"多精妙的刑侦推理。"一个警官边说,边从弹力沙发上站起来。

"佩服。谁想得到?"另一个说。两人心生敬畏,一起用手指抚摸桌身,推推那"吱吱"作响、用板条加固过的桌盖,用手指擦擦带血渍的记事本。"谁想得到?"那个警官又说了一遍,然后不情愿地翻开自己的记事本。看到没做完的现场记录,便向 MCC 问道:"对不起,请再说一遍您的姓名。"这次,语气中透着友善和尊重。

就在这时,他注意到克莱夫叔叔躲在客厅门口,夹在正打电话的探长和着装警官之间。"过来!我认识你。那天你在车站旁边扰乱治安,暴力伤人,有一个老人不小心用雨伞碰了你的头,你就把他打翻在地。"他说道。

"克莱夫叔叔!"埃尔莎大叫一声。波维太太也歇斯底里地尖声大笑起来。

"记得跟你说过,真不想见到你们这种人。"那个警员继续说道,"如果在我们辖区继续胡作非为,你会领教什么叫零忍耐。"

五短身材的探长像颗榴弹炮似的从客厅冲进来："好了，是拉脱维亚人约翰尼。我们得赶时间，以后再联系。非常感谢各位，非常感谢！我们得把这些东西带走。对于给这里造成的损失，恐怕我只能说抱歉了。我们可能需要你们做证。动作快点，年轻人。那排书，那条鱼的标本，还有书架，都搬到车上。你们要是问，这可都是旧货，可主人还死缠着想要回去。这些可都是约翰尼上个月从波德曼·斯威尼那间豪华的顶层公寓里偷来的。虽然我知道斯威尼也不是什么好人。"探长哀叹一声，冲出房门，奔向警车。两个警官尾随其后，一人拎着黑色塑料袋，里面都是书，另一个提着小书架和标本。他们走了，整个店好像都长出了一口气。

　　半小时后，克莱夫叔叔拎着手提箱冲下楼梯，逃难般不顾一切地朝门口冲去。"你真的要走？"波维太太边追边喊。但他只是耸耸肩，高耸的肩膀似乎要与他那顶阿尔卑斯高帽争锋。临出门前，他还恶狠狠地看了一眼穿着法兰绒板球裤和绿色灯芯绒外套的男子。

　　"有的人知道何时该走，"他说道，"也有人却会赖着不走！"

第十章

灌铅玩具兵：
一个关于理想的故事

"真有意思。"MCC说着往后退了退，好让自己能看到高高的书架顶上，"那堆书怎么会放到上边去的？"

"噢，是妈妈把书重新摆放了一下，我也不知道为什么。也许她觉得那些书不适合我看。"

最近埃尔莎开始喜欢看书了，一放学回家就马上换了衣服，理理头发，拿上本书蜷缩在店里的马鬃沙发上看起来。她每天都显得很兴奋，把看书当成是家里生意能够一天天延续下去的重要环节。就像高空走钢丝者横跨尼亚加拉大瀑布那样，波维太太的古董店仍在艰难地维持着，收支基本持平。虽然还不至于跌入破产的深渊，但目睹这一切的艰辛还是让人有些担惊受怕，这也是为什么最近一段时间埃尔莎总是提心吊胆。

"也许是因为我。"MCC说道。

"你说什么？"

"也许你妈妈认为有些书不适合让我看。"

"那你拿本下来看看。"

"哎呀,我不该拿,我认为波维太太这么做肯定自有道理……"

埃尔莎取来扶梯,自己爬上去翻看最上面的书。上面有平装书、精装书,甚至还有烫金字的皮面精装书:《丁香花之恋》《市场交易所的浪漫故事》《男爵的新娘》《夏季婚礼》《公主之恋》……

"这些都是浪漫小说。"她失望地说道。

"你不喜欢?"MCC 边问边帮她稳住扶梯。

"我更喜欢关于马的故事,你知道关于马的有趣故事吗?"

MCC 笑着摇了摇头。这时,他看到波维太太站在门口,手中的扶梯摇晃了一下,埃尔莎伸出手去稳住自己,手顺势从顶上的一层书架上扒拉出一摞书,书滚了下来,散落一地。

埃尔莎和波维太太被眼前的场景惊呆了——夹在一本精装史诗浪漫故事书里的纸币像瀑布般洒落下来。

他们一共捡起了一万七千英镑。埃尔莎和波维太太怔怔地坐在沙发上,MCC 说道:"我敢说这就是波德曼·斯威尼对他家公寓的失窃感到非常难过的原因,这里就是斯威尼先生秘密藏钱的地方。"

波维太太打算马上去把钱还给人家,她从电话簿里找到了斯威尼先生的地址,然后直接走到他家的豪华公寓前,但斯威尼先生并不在家,所以也无法收回他被偷的财产。

"斯威尼先生今天早上被捕了，夫人。"管家说道，眼睛朝门外看了看，"拉蒂威恩·约翰尼被老比尔抓了后，告发他参与了蒙斯大街偷窃案。在我看来，现在窃贼之间也不讲义气了。"说完，他关上了门。

用MCC的话来说，波维太太突然之间发财了，挡也挡不住。

第二天晚上，埃尔莎躺在床上，想着为什么家里的情况已经大有起色，自己却还是心神不宁。楼下传来一阵说话声，是波维太太和MCC在轻声聊天儿。有时候，咖啡杯碟相碰的"叮当"声，钟表秒针前进的"嘀嗒"声和藤椅受力发出的"嘎吱"声都能让人放松心情，忘却烦恼。埃尔莎洗了把脸，坐在楼梯的顶阶上，双手撑在膝盖上，手掌托着下巴。透过楼梯扶手的边缘，她刚好看到MCC斜靠在客厅的一张桌子旁。

传进埃尔莎耳朵里的第一句话，就把刚才的温馨甜蜜赶得无影无踪。

"我并不是说你一定要走。"波维太太犹犹豫豫地说道。

"但你还是希望我离开。"

"也许这样更好。我的意思是你可以把所有赚到的钱都带走。那都是你应得的。那些书都是你买来的。"

"我不要钱。"他不耐烦地说道。

"要不就拿走一半？好吧，好吧，那我们至少应该谈谈报酬。你来了这么久,从没领过工钱啊。"

MCC 的身影突然淹没在漆黑的店面中,不一会儿,他拿着一个灌铅玩具兵走回来,将它放在桌子中央。

"从放小玩意儿的桌上拿来的?"波维太太一脸迷惑。

"没错。这个我能带走吗?"

"别傻了,当然可以。"

"谢谢。"他将玩具兵放进上衣口袋,"这就算我拿到报酬了。"

接着,他突然激动地靠到波维太太的椅子扶手上:"我到底做错什么了?你到底看不惯我哪儿啊?是我的年龄吗?"

"不是!"

"这么说是因为我身无分文?"

"不是。我告诉过你,如果你想要,这些钱全是你的……我只是觉得你知道的事情实在太多了,多到……这么说吧,我对你一无所知。你的家人呢?你们家住哪儿?你的真名到底叫什么?"

没有回答。

"好吧,那你的行李在哪儿?你难道什么都没有吗?总该有几件换洗衣服吧?一个箱子?也许寄放在失物招领处?什么都没有?"

MCC 拍拍上衣口袋。"我有这个。这就是我的私人物品。"他满怀希望地说道。

"但那是我店里的东西呀。你自己的玩具兵呢,MCC?你小时候玩些什么玩具?你在哪儿长大的?生在哪里?家在哪里?"

长久的沉默,寂静得可怕。

MCC掏出那个灌铅玩具兵,看着它被胡乱上了些颜料的小胖脸。"我的曾祖父是位将军,参加过布尔战争[①]。"他说。

"那是很久以前的事了。"波维太太半信半疑,"我怎么觉得你又要给我讲故事了呢?"

"每个人的经历都是段故事。"MCC感伤道,"您要是不想听,那我就不讲了。"

"哦,那就说吧,说吧。"

他犹豫着,似乎正在脑海中梳理着故事的情节,脸上浮现出悲伤的神情。波维太太看在眼里,一贯谦卑的语调又回到嘴上:"我这也是为埃尔莎好。"

"那可有点儿危险。"他边说边将灌铅玩具兵放到桌子正中,不偏不倚。

"我想我知道怎么做才对我的孩子最好!"波维太太激动地反驳。

MCC自顾蹲在桌边,下巴搁在桌角,眯起一只眼看着玩具兵,就像士兵对准来复枪的准星瞄准目标。埃尔莎朝下挪了两级,没意识到自己正浑身颤抖。

[①]译者注:英国人同布尔人为争夺南非殖民地和地下资源而发动的一场战争。

★★★

"你太让我丢脸了,孩子!"

惠灵顿·乔治·阿姆斯特朗站在壁炉前的地毯上,两边是两把扶手椅,炉火正熊熊燃烧。一张椅子上坐着他的教父,一言不发地抽着烟;另一张椅子上坐着他的父亲,大声训斥着,脸涨得通红,犹如国王的红袍。他自己则低头不语。

"站起来,孩子!立正!"父亲大声命令,"我总想着就算你小子没骨气,穿上军装总该有点儿男人样了吧,谁知道你还是在你教父面前让我丢脸!"

"我不是故意的。"

将军充满鄙夷地"哼"了一声,随手从果盘里拿起两颗核桃,用力一夹。核桃被夹得粉碎,那架势就好像要把儿子也同样处理掉似的。"懦夫!我做梦都没想到自己竟然生了个懦夫!早知这样,我就打一辈子光棍儿算了。"他把核桃壳扔进壁炉,传来一阵"噼里啪啦"的爆响,如同一阵枪声划过。将军看到儿子惊了一下,颇为得意,觉得那便是最好的证据,足以证明自己的话果然不错。他没看到,其实是一片薄核桃壳飞出炉火,正好落在小男孩的手上。惠灵顿紧闭双唇,父亲的一番话比滚烫的核桃壳还让他感到痛楚。

"我不是不想参军,但我更想做一名医生。"他说道。

"别跟我说那些废话,孩子。打你出生就注定要做个军人,我把你当名士兵来养，从小就让你穿军装。现在你却跟我说你不想参军，想去当什么医生！真是个懦夫的借口。你知道说出这样的话是多么冷酷，多么任性，让我，让你爷爷，让你爷爷的爷爷都跟着一块儿蒙羞！懦弱让人变得邪恶，这样的人我在自己的部队里可见过。懦夫总会毫不留情地让人痛心。真的，你太让我伤心了。孩子，现在你满意了吧，你真是在我心上插了把尖刀，还要再扭上几下，我俩的父子之情算是让你给毁了！"

惠灵顿无助地站着，不知如何回答。他很清楚自己真的伤了父亲的心。他唯一的儿子宣称不想参军，这对他无疑是个晴天霹雳。自己是鼓足了十分的勇气才说出内心想法的，这会儿却完全泄气了。父亲说的都是事实：他是个懦夫。他从军校毕业，却想做医生而不是军人。行李还没打开，决心已然动摇。他想硬起心肠坚持到底，父亲的怒吼和铁拳早在预料之中。但一看到父亲因暴怒而突出的眼球后竟是难以掩饰的哀伤，他顿时溃败了。他投降了、屈服了，还是准备好做个军人吧。

要是教父站出来说句话该多好啊！惠灵顿一度把所有的希望都寄托在查理叔叔身上，毕竟他是名军医，应该可以理解自己的想法。而且在学校时他们常常通信，他也流露过对自己的同情。可是现在，他就那样坐在扶手椅里，抽烟，微笑，微笑，抽烟，惠灵顿的决心越发消融了。

"我再给你一次机会。"将军压低音量咆哮着，语气中满是威胁，

"彻底抛掉你那愚蠢的想法，宣誓对军队效忠，就像你八岁生日时在你那可怜的母亲面前做的那样。把手按到战戟上！现在就宣誓！"

哦！八岁时的情景惠灵顿记得多清晰啊，自己神圣地宣誓效忠军队。那时，自己的手才刚够得着那个高高挂在壁炉台上头的部队吉祥物。五年过去了，那个狗头已经布满灰尘，依然龇牙咧嘴地瞪着房间，玻璃眼珠被壁炉的烟灰熏得暗淡无光。战戟和狗头现在都对着惠灵顿怒目而视。他吓得发抖，所有的决心和希冀全被炉边毯一卷而空。他伸出手，畏缩着朝干瘪的大张着的狗嘴够过去……

"我看这样吧！"查理叔叔突然发声，身子朝前探去，面带和蔼的笑容，"你们何不在战场上分个高下呢，就你们俩，男人对男人？"

父子俩都盯着他。

"战争游戏啦！一个战略游戏！"查理叔叔叫着跳起来，将家具推向两边，直到一整块土耳其地毯露出斑驳褪色的原貌。他把惠灵顿从炉边毯上推开，将毯子堆在大地毯中间。"这是高地！"他宣布道，接着脱下吸烟便服团成一团甩在地上，"你的那些灌铅玩具兵呢，小伙子？去把它们拿来！"

看着查理叔叔随意的样子，惠灵顿既失望又绝望。查理叔叔穿着背带高腰裤，袖口的扣子敞开着，有模有样地把家具拖来拖去，看着还真吓人。特别是他的提议，简直就是要让教子所受的羞辱雪上加霜。惠灵顿这个十三岁的男孩，怎么可能在战略游戏中打败身经百战的父亲呢？虽说游戏也讲运气，但毕竟起不了决定性的作用，绝无战胜的可能。惠灵顿几近哀求地看着教父，希望他取消游戏。但不管他怎么努力，也无法抓住教父的眼神。他拿来了那盒灌铅玩具兵，那是父亲送他的第一份礼物，也是唯一的一份，那时他才两岁。记得当时父亲对他说："惠灵顿，总有一天你也会像它们一样成为威风凛凛的军人！"

"我来发令！"查理叔叔兴奋得大叫。这一切对他来说好像只是个玩笑，但他们玩的正是惠灵顿的未来！

父子俩扮演敌对的两军，他们脸对脸趴在土耳其地毯上，炉边毯做成的高地便是楚河汉界。惠灵顿的玩具兵排成一列，置于两人中间，好似一群应召入伍的士兵，被迫参加一场最奇怪的战争。火光照在小兵那一张张由于涂铅而泛出粉色的脸蛋儿上，身上涂了点金色的那个做了将军，另一个就算少校，还有一门闪闪发光的黄铜大炮，这些东西惠灵顿可从没玩过。

"好的！真是好极了！你出的好主意啊，查理。"将军说道，"一场争取自主权的战争，是吧，小子？"

惠灵顿半个身子卡在壁柜下，觉得形势对自己更加不利了。他努力回想着学校里教过的那些战略部署要点，但头脑里一片空白。他只好期望着等会儿掷骰子时运气的青睐。

运气可没有心慈手软，也没有一丝的悲天悯人。

将军的部队大举突破，不一会儿便攻到炉边毯跟前，战争的进度随着骰子的点数展开——三点、五点、六点……现在将军有一座大山做掩体，抵御着惠灵顿炮火的袭击，再来个五点或六点就能一举拿下高地，歼灭惠灵顿的手下已指日可待。惠灵顿的部队四下逃散，撤回吸烟便服围成的掩体，一个个看上去意志消沉。他分明可以看出那些灌铅小脸儿上刻满了恐惧，表情也扭曲起来。战场另一头儿隐约可见父亲那张发亮的大脸，胡须如包围落日的乌云一般骇人。其他什么也没有，只有一张脸，一张得意的脸。

"痢疾暴发！"查理叔叔突然大叫一声。

"什么？"将军厉声问道，"你什么意思啊？痢疾？规则里哪儿有痢疾啊？"

"这个游戏没有规则。"查理叔叔开心地回答，双手撑地跪着爬来爬去巡视战况，"没有任何偏袒！双方都暴发痢疾。你怎么办？"

将军起身朝后退了几步。在战争中暴发痢疾他可见得多了。这家伙可比子弹更厉害。但是说到怎么办，有什么怎么办啊？"你老兄什么意思啊？当然是挖茅坑啦，挖足够的茅坑。"他说。

"好吧，百分之二十的死亡率不过分吧？"查理叔叔说完便打倒将军五分之一的人马，"你呢，惠灵顿？你怎么办？"

惠灵顿也是一头雾水。他迷惑地皱紧眉头，不过还是开口说道："建立野战医院，每日提供盐糖等量的开水；挖茅坑，但是得病的和健康的必须分开。"

"盐糖水？你是干什么的啊，厨子吗？"将军隔着炉边毯的顶端破口大骂。

"很有效的药物。非常有效。"查理打断将军,"这么看来,我们就算百分之五的死亡率怎么样?"他从惠灵顿的部队里仅仅抽走了两名士兵:"继续。"

这样的失利可坏了将军的好心情。他犁地般猛攻炉边毯,很快占领了高地,完全主宰了战局。查理叔叔掷出骰子。"六点!"他宣布道,惠灵顿的六名士兵应声倒地,长眠于土耳其地毯钩织的平原,再也无法享受玩具盒内粗绒垫底的舒适床铺了。惠灵顿几乎听得见它们痛苦的呻吟,闻得到它们沾满血污的、烤焦的军服上散发出的火药味。可怜的士兵啊,都是因为十三岁的惠灵顿执意任性,反抗父亲的命令,才害得它们命丧黄泉。战戟和狗头布偶依然怒视着他。骰子坠地翻滚的声音听上去倒像炮声隆隆。

"发生叛变!"

"哦,天哪,查理,别再糟践这场游戏了。"将军站直身体,衣服皱成一团,"叛变?规则里哪儿有叛变啊?"

"可这也不光是游戏啊,将军。"查理叔叔说道,"它可关系到一个人的一生。现在发生叛变,你部队四分之一的人叛变了,将军。不过他们被剩下的那些忠心耿耿的士兵悉数抓获,现在就捆在军车里呢。你准备怎么处置?"

"统统枪毙!"将军说道,很显然,他也能嗅到火药味,听到镣铐"叮当"作响的声音。他毫不迟疑地拎起那些士兵,轻蔑地把它们扔在扶手椅上。"看好了小子,这就是对付叛变的手段。"他对着惠灵顿一阵咕哝，倒忘了自己的儿子对这些事毫无兴趣。

这会儿看上去只有查理叔叔一个人占领着高地，客厅里就他站着，另两位都趴在他脚边。"你呢，惠灵顿？"他问道。

"也是叛变吗？"

"你小子别自作聪明。老实说，你怎么办？"查理叔叔严肃起来。

惠灵顿被他突如其来的凶相吓了一跳，规规矩矩地问道："是发生在战争中吗？我会向他们保证战斗一结束就听听他们的牢骚，问他们为什么要叛变，接着请求他们不要叛变，坚持战斗。"

"啪！"将军用拳头猛击地板，惠灵顿觉得自己腿下的地板都颤抖起来。查理叔叔及时打断了将军的谩骂。

"停下！停下！"将军抗议，"你还没对这小子对待叛变的方法做出惩罚呢！"

"但他没枪毙自己的人呀。你却结果了你的。"查理利落地回答，"我们可以继续了吗？"

惠灵顿的兵力占了上风，将军却攻占了更多的领地。这局面看来是要把两军对垒拖入无休无止的消耗战了，双方人马一个接一个阵亡，到最后只剩下几个人，要么攻陷炉边毯的高地，要么占领吸烟便服的断崖。

惠灵顿身体里流淌着的父亲的血液，此刻沸腾起来。骰子的数字连续几个都对自己有利，也许查理叔叔再掷出一个，他就可以血洗父亲的部队了，而自己还能剩下一两个人。下颌一阵疼痛，他才

161

意识到自己正咬牙切齿。想要赢得战争的愿望越来越强烈,好好羞辱一下不可一世的敌军的欲望如同火山喷发般冲上心头。

"敌方抓走了人质。"查理叔叔说道。

"哦,天哪,查理……"将军一阵长吁短叹,"又是个鬼把戏!"

"战争本来就充满圈套,将军。这点不用我告诉你吧。"查理退回壁炉旁,又点上一支烟,随意地靠在壁炉台上,眼睛快速扫了下战况。他犹如冷漠的战争之神,对一切哀求泣诉都充耳不闻。"将军,你的儿子现在被绑为人质。是放弃山头投降,还是看着他在黎明到来时被处死?"他问道。

将军开始咳嗽,一阵剧烈的咳嗽,足以掩饰完全失控的状态。穿过炉边毯高地参差不齐的山顶,儿子又大又蓝、天真无邪的双眼正看着他,一直看着。他绝对不能让儿子看到自己一丝一毫的软弱,英勇无畏才是眼下最重要的。父子间最大的失败就是把懦弱代代相传。他必须让儿子看看什么才是力量,让他明白军人的本色。他也要证明给他看,当一名军人要比做个医生好得多得多!"作为一名军官,首要的职责是向他的国家尽忠,自己做出怎样的牺牲都应义无反顾。"将军的声音大得出奇。

查理叔叔截住他的话头,快速说道:"你的儿子被割喉。高地还在你手里。"

将军长舒一口气,不由自主地笑了起来。那座高地对他可是意义重大啊。

查理叔叔踱到房间另一边,提高声调,迫切地问道:"你呢,惠灵顿?现在你父亲被劫为人质。你怎么办?"

惠灵顿抬起前额,眼泪挂满双颊,滴落在一堆陈尸沙场的玩具兵身上。他看着一脸迷茫的父亲,眼中满是伤痛与委屈,这种眼神将军倒是在战地医院看到过,那些垂死异乡的年轻人啊!

"老老实实回答,惠灵顿!"查理叔叔大叫。

惠灵顿伸手抓起吸烟便服上的一把士兵,笨拙地抛到炉边毯上,玩具兵纷纷坠落在父亲又大又圆、涨红了的面颊前。"投降,当然是投降。"颤抖不止的双唇唏嘘着。

房间一片寂静,只有惠灵顿快速抽泣的呼吸声和核桃壳在火炉里"噼啪"作响的声音。

查理叔叔踏上战场,两三下便将阵地打扫干净。毕竟这只是块一两米见方的地毯。他捡起吸烟便服,惠灵顿的一堆玩具兵散落在地上。

查理叔叔穿好便服,又变回原先慢条斯理、慵懒惬意的样子。他没精打采地坐回扶手椅,脸上还是笑容可掬。"你瞧,汤姆,他是个多不中用的军人啊!"他拉家常似的对仍趴在地上的好友说道,"你难道还不明白吗?你身上的那股血性,他没有。放过叛变者,由于多愁善感而投降,我们最好还是让他做医生吧!"

将军没有说话。父子俩隔着土耳其地毯四目相对,就像电报线被炮火轰断,两人间没了沟通的渠道。炉火将尽,最后一丝火焰挣

163

扎的余光映在惠灵顿的脸颊上，那双眼睛也像永远失去了生气。

后来，惠灵顿离开了军校，最终还是读了医科。第一次世界大战期间，他志愿到法国做了战地医生，真正经历了炮火的洗礼，最后在帕斯尚尔战役中阵亡。有人说他的老父亲由于受不了丧子之痛，不久也病故了。

★★★

波维太太就像小猫逮到线团般追问起来："他只有一个儿子吗，嗯？是在战壕里阵亡的？没结婚？也没孩子？"MCC耸耸肩，没有回答。"那你们家族不是在1917年就断根了吗？博克夏尔先生！真是奇怪啊！"

"我又没说这是我们家的历史。"MCC露出明媚的笑容，但转瞬即逝。

波维太太叹了口气，再开口时，声音已变得疲惫而倦怠："这么看来，听了你的故事后，我应该放手不管，任由埃尔莎……自由选择将来。"

"那有什么不好呢？"MCC说道，悄悄将玩具兵放回上衣口袋。

波维太太朝椅子里坐了坐，坦诚地直视着他大大的眼睛："坦率地说，博克夏尔先生，因为……"

第 十 一 章

铜床：

善恶终有报

波维太太后面的话还是没有说出口。

MCC如空洞暗夜般深邃的双眼迅速从波维太太的脸上移开。他抬头望向天花板，正巧看到埃尔莎蜷缩在楼梯扶手后。

"去睡觉，埃尔莎。"他说道。

波维太太也转过椅子，一脸怒容："赶快上床去，埃尔莎。"

埃尔莎赶忙退回房间。

接着，下面传来一阵清理咖啡杯和关灯的声音，然后就听到楼梯"嘎吱"作响，店面里的铜床发出一阵翻身的响动，整个屋子便陷入一片寂静，只剩下座钟的"嘀嗒"声更新着分秒。

第二天早晨，MCC很早就起床了，他套上一件波维太太的外套，拿着换下的衣服去了洗衣店。这是四月的最后一天，一个明媚的春日。回来时，他身上的衬衣白净发亮，手指钩着原来的外套搭在肩后。

波维太太经常隔天帮他洗一次衣服,但膝盖上的草迹从没像今天这样清除得如此彻底,衬衫也没有这么雪白过。埃尔莎觉得他就像一艘白帆游艇,从阳光照耀的海浪中优雅驶来。

但MCC此时却一脸诧异,就像波维太太拿着一封信却忘了戴老花镜时的表情。"我决定了!"他说道,"今天我要做笔大买卖!"

"那你会讲个什么样的故事呢?"埃尔莎问道,伸手去摸他的外套口袋,想看看他正在看什么书。

"这个嘛,还没定呢。"他转身走到书架前站定,从左到右,从上到下,把一排排书扫了个遍。"看什么好呢?科幻小说?不要,我讨厌科幻,尽是些不着边际的奇思异想。谍战?算了吧,我还没聪明到能编个间谍故事。西部小说?不行,美国人不喜欢。"

"你怎么知道来的会是美国客人?"波维太太大声问道,但他似乎没有听见。

"啊,对了!哥特式悬疑小说。这个效果肯定不错。"他抽出一本书,懒洋洋地躺倒在长椅上,翻开了第一页。

差不多十一点半时,一对美国夫妇逛进店里,他们是乘着大巴环游英格兰南部城市的游客。两人自己也是开店的,店面就在芝加哥高速公路边上,卖些超人、吸血鬼德古拉和漫威的二手漫画。"你们这儿卖旧杂志吗,太太?"那位女士问道。

"对不起,没有。我们只卖旧书。"波维太太回答。

"他们不卖杂志,维吉尔。"

"早跟你说没有了,看看这样的店面就知道了。"维吉尔说道。

"他们可有些不错的老货呢,维吉尔。"

"是吗?有旅游纪念品吗?可以买些回去送人。"

"你们有旅游纪念品吗?美国人喜欢的那种?"

"有些东西,不过也称不上地地道道的纪念品。"波维太太抱歉地回答。

"没有纪念品,维吉尔。"

"他们当然有啦,琳迪·安。这玩意儿是英国的吧,对吗?给我们说说,你们这儿哪些东西是纯正的英国货,伙计?"维吉尔对着MCC问道。他站了起来,看上去像是英格兰队的队长正准备走进赛场。MCC一开口,声音洪亮,犹如伊顿公学绿茵场上精神抖擞的强健脚尖,又像亨利皇家划船赛上意气风发的破浪划桨。要是可能,维吉尔倒挺愿意买下MCC,装箱运回美国。

"这儿每件东西都是英国货,先生。这座钟、这把椅子、这张桌子、这个古董架、高脚柜、挡火板,事实上,您看到的东西都是英国的……除了这张床……就是这张……就它不是英国货!"话音刚落,他一把抓住黄铜横档,生怕整张床会突然坍塌,"就它不是!"

"这床怎么了?"维吉尔问道。

"还是别问了,先生。"

维吉尔抓住他的手:"告诉我怎么回事,伙计!"

"这故事太可怕了,还是不说了……太诡异,真的……主要是,太恐怖了。"

"哦,维吉尔!是个恐怖故事!快让他说!"琳迪·安叫道。

"这可是你的床啊,MCC!"埃尔莎用力扯着他的袖管小声说道,"卖了的话,你睡哪里?"

"快说吧,兄弟。"维吉尔说道,"快说。"

★★★

闪电如身披黑色斗篷的魔术师,瞬间将黑夜劈成两半。一道强光照亮了巴蒂斯克勒斯庄园,几条看门恶犬竭力前冲,狂吠不止,却被套住脖子的铁链紧紧拉住,唾液从下颌中流出,与护城河中一摊恶臭死水中升起的水雾混成一团。远处传来沉闷的榔头声,福斯强勒正在地下室做木工活儿。

一道黄色光柱闪进储藏室的门缝,照亮了斑驳的石阶。不一会儿,一道长长的黑影从亮光中现身,来到驼背男仆面前。

"福斯强勒!我摇了铃,你怎么没来?"

地下室里那个矮胖的怪物扔下手中的榔头,恐惧地将一团又长又脏的发辫塞进嘴里,畏畏缩缩地支吾道:"我真是该死,老爷,肯定是铃绳断了。"

"我都看到绳子在你手里捏着呢,福斯强勒。别对我说谎。你在这儿做什么呢?"

"我在做个架子,老爷,您肯定会喜欢的。"

格雷冯·布鲁德男爵从地下室门口扯下一个蜘蛛网,放进嘴里嚼起来,沉思了一会儿后说道:"这玩意儿还真不错,福斯强勒,不过今晚我还有别的事叫你去做。"

男仆看到主人少有的温和,受宠若惊,赶紧一瘸一拐地跟着爬上楼梯,也顾不得腋下的拐杖是否吃得消。"要做什么才能让您开心,老爷?"他问道。

"啊!开心,对了!是时候了。"男爵说道。他重重地推开门,走进大厅,地板上没有地毯,却铺着八九张牛羚皮。"是我该娶个新娘的时候了,福斯强勒。"

"新娘,老爷?您说的是新娘?"

"巴蒂斯克勒斯庄园已经很久没有女主人了,我已经找到了理想的新娘——艾米丽亚,就是那位受人尊敬的洛夫古德牧师的女儿,他们现在就住在隔壁那个宁静山谷里的一个客栈内。记住,她的房间窗台上有个花盆箱。"

男爵用手指抹了下壁炉凹槽中的烟灰,放进嘴里吮吸起来,一脸阴郁:"准备一桌婚礼宴席,铺上新的床单,福斯强勒,再去把她给我弄来。我想在婚礼前看看她。"

"好主意,老爷……不过我想问一下,这位年轻的女士知不知道我要去?"

男爵脸上掠过一丝烦躁。他一把将火钳扭弯,就像折断一根稻草:"你只要把她弄来就行了!"说完不耐烦地挥了挥手。福斯强勒赶紧跑开,穿过一道暗门,顺着螺旋梯登上庄园的东塔。

他用拐杖赶走了蜷在大婚床上的十三只野猫,认定舒适的皮毛只会让这些畜生更加留恋此地,于是他便举起鹅绒床垫,硬挤着从窗口扔下去,让它掉在下面的护城河里。接着,他将一条手缝丝质床单铺在弹簧床板上,又赶走了藏在枕头下的老鼠。最后,他用铁链将四个床脚绑牢,从床底拖出一只大毡袋,便一瘸一拐地顺着后楼梯走向马厩。

男爵的砖砌火炉像矗立在漆黑田野里的两座干草堆,一群野狼聚集其间,发出阵阵嗥叫。月亮病恹恹地倒在光秃秃的树干间。福斯强勒在崎岖的山路上策马狂奔,铁蹄敲打着坚硬的岩石,"叮叮当当"响成一片。两边的山洞张开血盆大口,熊群在洞口徘徊。大山怒目而视,监视着福斯强勒的一举一动。

过了差不多一个小时,他冲破月影的牢笼,匆匆忙忙往回赶,嘴里叼着那只毡袋,里面发出尖声呼叫,犹如火车烟囱冒出的白烟,连绵不绝。

男爵急不可耐地想看到自己的新娘。他在卧室转来转去,心烦意乱地抓起烛台,啃咬着流下的蜡滴,就像老鼠正在吸吮糖浆。终于传来一阵马蹄声,他一个箭步冲到窗台边,却不知怎的被一股从未有过的羞怯抓住,不好意思地躲在窗帘后。

男仆"砰"的一声撞开房门,走了进来。他费劲地从肩上卸下袋子，一把掼在婚床上。袋口的绳子解开了，从里面伸出一只如牛奶般丝滑的白嫩小手，手指颤颤巍巍，像在乞求着什么。福斯强勒抓住女孩的手，一把把她拉了出来，随即往床架上一绑。"啊哈！"男爵急忙跳了出来，惊起画框上停着的三两只乌鸦。

女孩拼命挣扎，长发披散下来遮住了脸。男爵将她拉近，一把撩开她的长发。

"哦！……你这个蠢货，福斯强勒！"他大叫道，"抓错了！这是艾弗林，可爱的艾米丽亚的姐姐。她也是个美人，但是有个大鼻子！你抓错人了，笨蛋！你还嫌巴蒂斯克勒斯庄园的大鼻子不够多吗？格雷冯·布鲁德家族世世代代都是大鼻子！快把她弄走！"

福斯强勒抓耳挠腮，吞吞吐吐地道歉："天实在太黑，老爷！我这对不争气的眼睛在烛火下看不清楚。我爬上窗台，看到一个人正在绣花，而且她的头发那么的……那么她不行吧，老爷？"

"把她扔到护城河里喂鲟鱼！"男爵残酷地叫道，"再去一次，把我要的人给我弄来！"

福斯强勒咬咬嘴唇："请您宽恕，老爷，但您是否记得，那条鲟鱼已经死了。我们没钱，也不想要，所以一直没再买一条！"

男爵狠狠踢了衣柜一脚："那就让她去清扫墓穴。快点去！我可不想等，我要立刻看到我的新娘！"

福斯强勒将大袋子搭到肩上，拿上一条鞭子，驾着男爵那驾连灯都没有的马车穿出巴蒂斯克勒斯庄园的小路。漆黑的夜空暴雨如注，野猪的眼珠在树丛中闪着红光，泥浆像一条条蜥蜴滑过路面。马车顶棚垂下一根根破烂的黑绸，打在福斯强勒的帽子上，鞭子不断抽打在马的身上，马脖子上的鬃毛剧烈地抖动着，马车越来越快地向前奔去。

一小时后，福斯强勒回来了，马车一阵急刹后停在庄园马厩前，箍铁轮子擦在卵石地面上迸出一团火星。他捡了块砖头朝拴在门边的恶犬扔去，然后一瘸一拐爬上了东塔。雨点打在衣服后襟，不停地滴落在旋梯石阶上。他肩上的大袋子高高鼓起一块，还破了个口子，里面伸出几根手指，绝望地乱抓，两个眼珠向外望着，充满恐惧。四只眼睛同时看清的第一幅画面就是房子的主人正焦急地在炉边毯上走来走去，嘴里嚼着从炉架上挖出的煤块。

福斯强勒把袋子甩在床上，从裂口处将袋子撕开，一脸大功告成的兴奋样："您的新娘，老爷！"

"笨蛋！蠢货！白痴！这是什么？这是受人尊敬的洛夫古德牧师，可爱的艾米丽亚的父亲！"他一把揪住男仆的脑袋，重重地朝墙壁撞去，"把他弄去喂吸血蝙蝠，去把我要的新娘弄来！"

福斯强勒躲在桌子下哀号："求您原谅我啊！整个客栈一片漆黑，所有人都上床睡觉了，老爷！我隔着门一间一间卧室听过去，但我这两只耳朵不好使啊，分不出男人和女人的呼吸……还有啊老爷，吸血蝙蝠又出去觅食了。"

"那就让他去挖坟墓！快去把我美丽的艾米丽亚弄来，现在就去！我警告你，我的忍耐可是有限度的！"

　　福斯强勒赶紧跑回马厩套上马车，再次出发了。一路上风雨交加，但是没有任何东西能阻止他完成主人的命令。马车终于来到了客栈边上，漂亮的花盆箱在宁静山谷的遮蔽下悄无声息。

　　客栈靠一些嵌进山坡的木头梁柱支撑，福斯强勒对着它们一阵乱砍，房子晃晃悠悠坍倒下来，木头碎片"稀里哗啦"落在地上。"可恶的老鼠……"他骂道。

　　当福斯强勒徒步赶回庄园，已是拂晓时分。他背着一只上了锁的大箱子，拐杖磨损得变成了一根细细的棍子。他的主人正在庄园外边等候，此时焦急得穿着衬衫就跑了出来，双手从铁丝网上撸下一团团羊毛放进嘴里。他欢呼雀跃地跟在仆人身旁，急不可耐地扒着箱盖。他们并排前行，好不容易才挤进通往东塔的大门，跌跌撞撞爬上螺旋梯，主人的脚好几次都踩在福斯强勒的手指上。大箱子终于被抬到婚床上，此时的大床已是摇摇欲坠，每个铁钉都被等得心焦的男爵用牙齿啃了下来。"终于来了！终于等到了！让我好好看看，害我等了这么久的……福斯强勒！"

　　"发生什么事啦，老爷？"

　　"福斯强勒，你这个白痴！傻瓜！蠢货！你是我见过的最蠢的笨蛋！在我还没被你的愚蠢气死之前快告诉我，我可爱的艾米丽亚到底在哪儿，你为什么给我弄回来一个花盆箱？"他抓起男仆，将他拎到窗户外边。

"求求您饶了我吧,老爷。"福斯强勒叫道,"但我这不中用的脑袋瓜儿实在是分不出花盆箱和新娘的区别呀。"男爵手一松,将他从塔顶扔下护城河,呼叫越来越轻,最后终于没了响动:"可他们都很……漂亮啊……老爷!"

男爵一头栽倒在自己的婚床上,既愤怒又伤心,最后竟低声呜咽起来。他突然觉得浑身不舒服,除了一身瘀青带来的疼痛外,他发现自己的鹅绒床垫已经变成了一圈圈弹簧。不知怎么回事,他的左臂还被弯曲的弹簧缠住,无法抽出,他只好痛苦地咬着从花盆箱里掉落的花瓣。一夜的折腾把他弄得筋疲力尽,他很快睡着了,怀里还紧紧抱着抢来的箱子,上面滴满了泪水。

两位英姿飒爽的军官正巧在黎明时分来到离营地不远的宁静山谷,却看到一座客栈的残骸。残骸上站着一个美艳绝伦的年轻女子,挥着手帕求救。他们立刻设法救出了压在残骸下的店主和其他一些浑身颤抖的旅客。

两人听了整个事件的可怕经过,艾米丽亚小姐说她看到一个奇丑无比、形似侏儒的怪物锯断柱子,又偷了带锁的箱子朝山路那头儿逃遁。人们找了个遍,就是不见她父亲和大鼻子姐姐的身影,她肯定自己可怜的家人是被装在那个箱子里带走了。

两位军官立即骑马展开追捕,在泥泞的道路上披荆斩棘。勇敢的艾米丽亚坐在一位军官后面,与他们同行。

"你是说你从未听说过邪恶的格雷冯·布鲁德男爵?"中尉惊呼

道,艾米丽亚正环抱着他的腰,"我可不是吓你,小姐,要是你可怜的亲戚真的被抓到了巴蒂斯克勒斯庄园,那可是凶多吉少了。"

巴蒂斯克勒斯庄园阴暗发霉的城墙投下一抹阴影,笼罩在墓地和墓穴上,里面埋藏着男爵那些臭名昭著的祖先。墓碑东倒西歪,一群椋鸟叽叽喳喳。马蹄声已渐渐靠近,一个失魂落魄的人影从墓穴中爬了出来,可怜兮兮地抓住黑色围栏。那人一只手拿着一条明黄色的抹布,要不是这鲜亮的颜色,马背上的人们肯定无法在如此混沌的迷雾中发现她。他们又靠近了些,才看清她穿的衣服,还有一个隐约可见的大鼻子。"是艾弗林!我们找到她了!"艾米丽亚大叫道,"真是谢天谢地!"

不一会儿,他们又撞上了受人尊敬的洛夫古德牧师,他正忙着挖坟呢。他差不多已经干了十几个小时了,竟然在雾气弥漫的墓园里掘出了一条壕沟。这样的深坑刹那间放倒了策马狂奔的救援者,艾米丽亚和两位军官全都掉在沟里面,和神志不清的老先生呆坐在一起。艾弗林看上去既恐惧又无助,大大的鼻子由于害怕不断地淌着鼻涕。明黄的抹布突然从掌中滑落,原来她看到庄园的主人正半梦半醒地朝这边摇摇晃晃地走过来。他的胸前抱着个花盆箱,但更加骇人的是他身后背着个大床架,上面铺着丝质床单,四只床脚上各有铁链绑着。两只恶犬在他腿边绕来绕去。

"啊哈!"他大叫道,站在艾米丽亚等人掉落的沟边往里探头,"你终于来了,正赶上我们的大喜日子,我亲爱的新娘!等我从这些可恶的弹簧里脱开手,你的牧师父亲就能为我们举行婚礼啦。"

"你休想!"牧师大声回答。

"永远不可能!"心不甘情不愿的女孩大声叫道。

"啊!等你们在我那迷人的酷刑室里待上一两个小时,你们就会改变主意了!或者呢,要不要我用这两位英俊的军官来喂我忠诚的狼狗?"

"哦,不!"牧师大叫,但他并没有说自己指的到底是酷刑室还是那两个年轻人。

"我答应你。"艾米丽亚说道,很明显她是牵挂着军官的安危,"我会嫁给你,不管你是谁,但是你必须放了我的大鼻子姐姐、我仁慈的父亲和这两位英俊的军官。"

"嗨,肯定放他们走,不过他们得步行离开,也许特兰西瓦尼亚平原上的大野狼会好好招待他们的!"

他一把抓住艾米丽亚衣服上的蕾丝带子,将它们缠在手指上,就像一根根意大利面。突然,一只手从他身后的护城河里伸出来,四处乱抓,拍打着长满青苔的河岸,想要找个能抓住的地方。

福斯强勒从水里爬了出来,但样子变得有些奇怪,身上原有的一些部件现在都不知哪儿去了。他的头发被水草缠绕着,口袋里装满了鱼儿,淤泥顺着拐杖流下来。"老爷,我刚才一直在思考。"他说着,从短皮裤中掏出一条鳝鱼。

"好了,福斯强勒!干点正经事吧。"男爵打断了他,"快点帮我

177

解开这张床，再把我的新娘从沟里捞出来，婚礼就要开始了！"

但福斯强勒似乎不想做什么正经事，因为他刚才一直在思考。"我的双眼在烛火下看不清东西，我的双耳在黑暗中听不清动静，我的脑子竟然分不清女人和花盆箱。当您在您祖先传下的工具房里把我组装起来的时候，老爷，我想问问您，您到底用的什么？我看是些次等的材料吧……要我说，您就是个小气鬼，不入流的怪物制造者。老爷，您用那些不好使的眼睛、耳朵和脑子造出了我，这会儿我可要好好报答您了。这样能让您满意吧，老爷？"说完，他就朝男爵扑去，抓起那个大床架子，一把举了起来，带着他一起朝护城河里跑去，沉入河底。只留下那张大床，孤零零地倒在护城河的吊桥上。后来，一个农夫把它偷了去，当作纪念品卖给了一个途经此地的外国游客。

艾米丽亚和她的大鼻子姐姐分别嫁给了那两位军官，她们和善的父亲，洛夫古德牧师亲自为她们证婚。再后来，这一大家子一起搭乘东方快车去了遥远的地方。

当然啦，那都是很久很久以前的事了。

★ ★ ★

"你以为我会信以为真吗，伙计？"维吉尔说着，像头熊似的将老婆搂进怀里，"你刚才讲的简直就是一派胡言。"

"那就请别理会我的故事。"MCC 回答,用力抬起床架上的新式席梦思,一圈圈的弹簧露了出来,"您能帮我把床钥匙抽出来吗?是一个像扳手一样的东西,用来调整弹簧高度的,您肯定知道那玩意儿。找到了吗?"

维吉尔觉得自己像个傻瓜一样被糊弄了,但还是经不住好奇心的驱使,俯下身子在一堆弹簧里乱找,床身发出竖琴走调儿的声音。"咔嗒"一声,他找到了钥匙。

"请注意 Facut in Transylvania 这行字,翻译过来的意思就是特兰西瓦尼亚制造。制造者的名字嘛,你可以在连接床头和床架的角铁上找到。"

"维吉尔,考虑一下吧!"他老婆说着也俯下身,被扬起的灰尘弄得连打了几个喷嚏,"让他把床卖给你,维吉尔!我们可以把它放在店里,天哪……亲爱的!快看,这就是拴铁链的地方!还有被弄断的痕迹呢!"埃尔莎也趴了下来一起看,她被吓了一跳。

"买下它,维吉尔!你知道,我们根本不用睡在上面呀!"

"不用来睡觉?"

"不用!就放在店里,再配上个生动的故事,就像德古拉电影海报那样。也许我们还能把故事里的人物做成蜡像,你觉得这个主意怎么样,亲爱的?"

这会儿,维吉尔和 MCC 竟不约而同地仔细翻看起电话簿,想找家船运公司,好把这张床从波维古董店跨洋越海运到遥远的芝加哥高速公路旁。

埃尔莎将床钥匙包好,让这对夫妇一起带走,不一会儿,维吉尔和琳迪·安便手牵手离开了。他俩一路说笑着,商量是否可能在地下室弄个蜡像馆。MCC将席梦思竖好,掸了掸衬衫上的灰尘说道:"好啦,我的床卖掉了。我最好另找个地方睡觉。谢谢你们给了我这份工作。谢谢你们的芝士三明治。如果我是你,波维太太,我会开个旧书店。小说,顾客们都会感兴趣的,每个人都会感兴趣的。不是吗?"说完,他便朝门口走去。

"博克夏尔先生,等等!"波维太太叫道,"船运公司至少要到礼拜三才来取这张床呢。其实你还能待到……"

"哦,但我不能睡在上面了。它已经归别人所有了,钱都收了。这样做可不诚实。"

"MCC!"埃尔莎喊道。他转身看着她,但她却不知道该说什么。

"啊,对了。"他倒先开口了,就像受了她的提醒。他从上衣口袋里拿出那个灌铅玩具兵,放在她手里。"拿着,好好保管。"他愉快地说道,"一个纪念品。"

"我不要!"她回答,话语中积累了所有的怒气和怨气。他耸耸肩,将小玩意儿放回口袋,快步朝着图书馆的方向走去。每走几步,他就甩甩肩膀,做出投板球的姿势。

埃尔莎跑出去站在人行道边上,看着他的背影渐行渐远,就这么一直看着,直到背影消失。

第十二章

谜底

过了一会儿,埃尔莎回到了店里,坐在沙发上。她母亲很想说些什么安慰她的话,因为她不停地清着嗓子,并用手掌拂去家具上的灰尘。埃尔莎明白这样做没什么用,所以她转过身,随意从书架上取下一本书,这样别人就不会打扰她了,这是她从 MCC 那儿学来的小伎俩。书是绿色的布装封面,上面有读者阅读后留下的印记。书脊顶上破了,一路往下,书名已经模糊不清了。她打开扉页才能看到书名——《来自书中的人》。她感到心跳加快,血流加速。她随手翻开书,看到一页描述性的文字,没有动作描写,没有人物对话,显得很单调。

他穿着一件绿色灯芯绒外套,肘部、腋下和纽扣孔四周的条纹都已被磨平了。绿色蝴蝶结领带没有系上,而是耷拉在领子下面。白色法兰绒板球裤裤腿的膝盖处各有一块长长的椭圆形绿草斑痕,颜色倒是与外套很相称。麂皮鞋子颜色很深,多处已被磨光,一块一块的,就像板球门前被踩踏过的草地一样。黑色的鬈发快要掉光了,显得"绝顶聪明"。激动时前额上青筋暴露,下巴上短短的黑胡子成了"分水岭",使得脸与领口处露出的苍白皮肤形成了鲜明对比。

"妈妈,快来看这里。"她说道,把书递到波维太太面前,然后伴着心跳的节奏在店里走来走去。这怎么可能呢?他确实存在过,她还碰过他。他必须存在,其他人也看到过他,还因为他而改变了自己的生活。她努力回忆着来过店里的一个个顾客,有的从MCC手中买过东西,也有的没买,比如那位老先生、那对来避雨的情侣、拍卖行的古董商、那个被宠坏的女孩、那对美国游客夫妇……他们现在何处?都走了?没有留下任何痕迹?她可以找谁来求证他的存在呢?她现在非常后悔拒绝了他给的礼物——那个灌铅玩具兵。现在看来,那至少是有形的证据,可以证明就在五分钟前,一个活生生的、还在呼吸的人就站在店里,并且……一阵恐惧席卷了她,她都没有听到辛格先生在门口兴奋地摇着手中盒子的声音。门闩插着,他进不来。他用头顶着玻璃,腋下夹着那个木盒子。

埃尔莎既痛苦又兴奋,手颤抖地拔掉门闩。辛格先生走进店里:"我打开木盒了,打开了,打开了!我小心翼翼地用发卡打开了。"他手里挥舞着那只发卡,就好像它能打开宇宙的秘密之门一般。

"噢,宝贝,"波维太太悄悄地对女儿说道,"恐怕可怜的MCC

要被揭穿了。他那些虚构的故事就要真相大白了。"

埃尔莎立刻觉得害怕，唯恐那个空盒子露馅儿了，报摊的主人抱怨自己的钱被那个胡侃一通的家伙给骗了。

但是，辛格先生满脸笑容。他已经看过盒子了，这会儿他把手伸进去，掏出一个呆板摇晃的东西，把它凑近埃尔莎的脸，吓得她大叫起来。那是一团快要腐烂的半球形发辫，原有的颜色已经看不出来了……盒子底部一条蜷缩的死蛇留下的痕迹也已模糊不清，盒子里还有一支鹅毛笔和一些发黄的书写纸。"那个骑我自行车的小伙子讲的故事都是真的！"他说道，那神情好像在为他曾经表露出的怀疑而道歉，"他在哪儿？我想让他看看盒子里的东西。"

埃尔莎转过头得意地看着波维太太，把她刚刚看过的那本绿皮书扔到了一边："我说嘛，他根本就没说谎！他讲的故事都是真的，妈妈！你看看这张床！产于特兰西瓦尼亚，还有这些断了的铰链！他没说谎，他只是知道得太多了，就是这么回事！"

"不，不是这样的，亲爱的。"波维太太指着掉在地上的书，那颜色和纹理与 MCC 鞋子的颜色完全吻合，"MCC.博克夏尔不存在，宝贝。"

"那他讲的那些故事呢？"

"故事是真的。是的。如果 MCC 不存在，而我们知道他讲的故事都是真的，那只能有一个解释。"她被自己的发现吓了一跳，所以也不敢跟别人说，只好自己走开。当她关上客厅门的时候，她再也不敢发出声响。埃尔莎转过身，发觉辛格先生也走了，门被轻轻地关上了，门垫下的铃也没发出一点儿声音。

她弯下腰朝窗外看去，四月的天空泛着奇怪的白色。伴随着春天的到来，迁徙的鸟儿成群结队地飞过头顶，密密麻麻，整整齐齐，活像打在纸上的文字一般。尽管难以启齿，但她嘴里还是不断重复着妈妈说过的那句话，脑子里莫名其妙地一片空白："如果 MCC 不存在，而我们知道他讲的故事都是真的，那只能有一个解释。"

她好像想通了，但是这种理解不像一缕光线或一声惊雷那样使人豁然开朗，而是像白色的防尘罩缓缓蒙在了旧家具上一样。

★ ★ ★

迈克·查尔斯·克里斯蒂·博克夏尔（MCC.博克夏尔）重重地叹了口气，从打字机上取下纸张，正面朝下叠放在其他纸张的上面，再用一个灌铅玩具兵镇纸压住。在他身后，阳光透过打开的窗户照进来。外面突然传来一阵叫声，有人要求裁定违规用腿截球，有人边鼓掌边笑着说又一个击球轮次结束了。这只是一场村里举行的板球友谊赛，但也是赛季的第一场比赛。

其实迈克从没被请去参赛。哦，他们跟他说他是替补队员，因此他穿着板球裤，整天坐在卧室里，俯瞰下面的投球，但他从没被叫去参加比赛。人们需要的是能看得清、会击球、能跑垒的选手。

迈克在桌子上摸索半天,总算找到了自己的眼镜,并把眼镜戴上。房间内的物品映入眼帘——陈旧的家具、大堆的书籍、装满手稿的盒子,它们都在等待着自己成名,受人追捧。可是他却感到心痛。

他妈妈正在楼下厨房里准备板球选手喝茶时所需的三明治,隔壁邻居正在跟她闲聊,给她一些建议。

"问题是他很少出门,整天关在房间里,像天气这么好的时候也是如此,光是坐在打字机前不停地写作。你知道吗,我们隔着墙都能听到,有时要写到凌晨三四点呢。再这样下去,他连女朋友也找不着。你必须让他经常出去走走,那样他才会有所变化。女孩们不会对他嗤之以鼻,尽管他……"

"他太害羞。"他妈妈不好意思地低声说道,"他就喜欢看书,反正只要他开心就好。"

"是啊,就是整天都胡编乱造些故事!又赚不回钱来,不是吗?这么做可没办法帮你贴补家用。你一个寡妇,还得操持一切。他就这么赖着啃老,不公平啊。他在学校读书的时候也是这样,我们家约翰尼告诉我的。其他孩子都搞不清他到底在想什么,说他老是神神道道地整天编故事。你看我们家约翰尼已经结婚生子还开上了福特车,而你家迈克还是这个样子。我也是关心你才说这些的,但他真的应该多出去走走……交些朋友……至少能自食其力……"

迈克推开面前的打字机,站起来跺了跺脚。每次他坐得太久,腿就会又痛又麻。他对着镜子看到了自己的样子：在一副啤酒瓶底似的厚眼镜片下，一双眼睛缩成了两个小黑点；稀疏的头发混着汗液黏在苍白的头皮上。一瞥见镜中自己那张憔悴病态的脸，他就觉得好像在某个聚会场合迎头碰上自己的老对头——一个长久以来都避之不及的可怕形象。

他穿上那件旧旧的绿色灯芯绒外套，一下子感觉好了很多。那个小小的灌铅玩具兵不正站在完工的书稿上对着他敬礼致意吗？

"我得离开了，不是吗？不可能永远待在那儿！"迈克大声说道，"他们都离我而去了。我的小说主人公们啊！我已经控制不了他们了。你也听到他们说了，他们都猜出是怎么回事了！他们都变得太真实啦！"

不，也许那个玩具兵不是在敬礼，只是在招手，一个奇怪、扭曲的手势。

"我再也回不去了，是吗？"迈克叫道，心里的痛楚一时间掩盖了腿上的疼痛。"都是些无中生有的故事！"他突然冲着小小的灌铅玩具兵大吼，"我只不过是个可恶的骗子，是不是？"

窗口飘来一阵微风，吹散了书稿最上面的几页，玩具兵也被碰翻，向后倒去。迈克拼命按住剩下的一堆纸，免得被吹得到处飘荡。他捡起散落的几页，重新按顺序排好。眼睛一会儿看看这个句子，一会儿瞟瞟那个段落。

"当然啦，我可以随时改变故事的结局。"他说道，心不在焉地将玩具兵放回口袋,"假如我改一下最后几个地方……也许会更好。对了!就这么干!这就改!"他坐回到书桌前,拉近打字机,胸口的疼痛刹那间消失了。

板球赛最后一个球已经掷出,搁板架上散落着没有吃完的黄瓜三明治,博克夏尔太太将它们归到一个盘子里。她听见楼上传来的打字机声,便上楼走向儿子的房间。"把这些剩下的三明治吃了吧?"她把头探进房门,但儿子的卧室却空无一人,"真是怪了。他下楼从我身边走过,我怎么可能没看见呢?不管啦……能出去走走总是好的。我很高兴,很高兴。"

她走过去想打扫一下书桌,不经意间看到了儿子刚完成的"力作"的书名。她心中有些生气,拿起书名页一条一条撕碎,扔在废纸篓里。

纸篓底部突然有一个发亮的东西晃了她的眼睛,她弯下腰想去看个究竟,发现那是儿子的眼镜。还好看到了!差点儿当垃圾倒掉!

"但是!没戴眼镜,他会到什么地方去呢?"她自言自语地问道。